ダッシュエックス文庫

JN178282

王女様の高級尋問官

～真剣に尋問しても美少女たちが絶頂するのは何故だろう?～

兎月竜之介

Contents

Princess's Hi-ranking Interrogator

Why do pretty girls feel orgasm even if you seriously interrogate?

Princess's Hi-ranking Interrogator
Why do pretty girls feel orgasm even if you seriously interrogate?

1 王女様と百叩き

「本当にやめてしまうのかね？」

騎士団長が執務机で険しい表情を浮かべている。

最後の挨拶《あいさつ》を済ませるため、一人の青年が騎士団長の執務室を訪れていた。

青年は王立騎士団の正装である紺《こん》色の詰《つ》め襟《えり》を身につけている。詰め襟がはち切れんばかりの立派な体格の持ち主ながら、顔立ちはいかめしくも端整、無造作《むぞうさ》に伸びた黒髪にはしっとりと濡れたような色気がある。間違いなく美男子に類するであろう彼だが、顔からは覇気《はき》が抜け落ちており、勇ましい騎士らしさが薄れていた。

「医師の診断を受けた際に心を決めました」

「そうか……」

騎士団長が残念そうに目を伏せる。

今年で四十歳になる髭面《ひげづら》の偉丈夫《いじょうふ》が、人前で意気消沈している姿は珍しかった。

「ならず者たちから『死神の目を持つもの』と恐れられたきみを失うのは惜しい」

「俺は死んだも同然の男です。俺にできることは国に仇成《あだな》すものを討《う》ち取るだけ。それが満足に果たせないとなったら、王立騎士団に残る意味はありません」

「きみほどの男なら、戦場に出なくとも国のために働けるはずだ。きみが戻ってきてくれるだけでも団員たちの士気も上がる。無理強《じ》いするつもりは毛頭《もうとう》ないが……」

騎士団長が表情を引き締める。

「視野を広げることだけは忘れないでほしい。戦うばかりが人生ではないのだからな。もしも困ったことがあれば、王立騎士団の門を叩いてくれ。我々はきみを歓迎する。これから忙しくなる予感もあるしな」

「お心遣い、感謝いたします」

そう言いながらも、青年は自分の言葉に空虚さを感じていた。

騎士団長も気づいているだろうことは分かっている。

青年にとって騎士団長は第二の父と言える存在なのだ。

そんな相手の期待を裏切るのは心苦しい。

けれども、成すべきことが成せないのに、居残り続ける方が彼にはつらく思えた。

青年は執務室をあとにする。

執務室のドアを閉じる音が、牢獄《ろうごく》の鉄格子《てつごうし》を閉ざすかのように重々しかった。

巨大な大陸の西部沿岸に存在するヴァージニア王国。

王国では三百年にも及ぶ太平の世が続いている。

二十二歳の青年、アレン・ブラキッシュは王国を守る王立騎士団の一員だった。

騎士の名門『ブラキッシュ家』に生まれたアレンは、立派な騎士になることを目指して己を磨《みが》いてきた。

王立騎士団に十五歳で入団すると、国民を苦しめるならず者や魔物と戦った。

優秀な騎士として国王から直々に表彰されるほど活躍し、二十歳《はたち》という若さで部隊長に昇格したほどである。

女性に縁がないことを除けば……実際のところ、アレンの方から避けていたのだが、ともかく順風満帆《じゅんぷうまんぱん》な人生だったと言えるだろう。

不運に見舞われたのは今から半年前のことである。

アレンの率《ひき》いる遠征部隊が、突然の土砂崩れに巻き込まれてしまったのだ。

十数名の死傷者が出る大災害で、アレン自身も両足に大怪我《おおけが》を負ってしまった。

半年で歩けるまで回復したが、両足には後遺症が残った。長時間の運動をすると筋肉が痙攣《けいれん》してしまうのだ。これは騎士としてあまりにも致命的と言える。

国民から助けを求められたら、いつ何時《なんどき》でも駆けつけて、魔物やならず者を討伐《とうばつ》する……アレンはそんな騎士でありたかった。

理想像を保てなくなった今、彼は自分でも驚くほど空《から》っぽな人間になっていた。


あれからアレンは荷物をまとめるため、団員の宿舎に戻ってきた。

慣れ親しんだ部屋を引き払うのは名残《なごり》惜しい。

窓の外に広がる夕暮れの景色も相まって、なおのこと感傷的な気分にさせられた。

武器や防具のたぐいは支給品を使っていたし、私物もほとんど置いていなかったので、荷物はカバン一つに収まってしまった。

軍装の詰め襟から私服に着替えると、いよいよ帰省が現実味を帯びてくる。

自室のドアがノックされたのは、出立《しゅったつ》の準備が終わったときだった。

(こんなときに誰だ?)

王立騎士団の仲間が引き留めにでも来たのだろうか。見送りは必要ない、決意を曲げるつもりはないと、念を押して言っておいたはずである。

自室のドアを開けてみると、部屋の前に一人のメイドが立っていた。

年齢は十八歳くらいだろう。黒髪のさっぱりしたショートカットが褐色《かっしょく》の肌によく似合っている。切れ長の目が凛々《りり》しくて、いかにも仕事ができそうに見える。背の高さは平均くらい。

アレンはかなり上背《うわぜい》がある方なので、メイドは自然と彼のことを見上げる形になった。

（こいつは妙だな……）

アレンは一目で怪訝《けげん》に思う。

この女性はおそらく普通のメイドではない。何らかの武術を修めた人間の立ち方をしているし、服の膨《ふく》らみからして小型の武器も隠し持っているように見えた。

「アラン・ブラキッシュ様でいらっしゃいますね？」

「はい、そうです」

「お手紙をお届けに参りました」

「手紙？」

褐色メイドから封筒を手渡される。

封筒は真っ赤なろうそくで封蠟《ふうろう》されていた。

「……この印璽《いんじ》は⁉」

アレンは目を見張る。

「翼の生えたハートマーク……これはまさか、第二王女エルフィリア・ヴァージニア様の個人紋章ではないですか⁉」

ヴァージニア王国には五人の王妃が存在する。

国王と結婚した順番で第一王妃、第二王妃と呼ばれており、王妃たちの娘も母親になぞらえ

て呼ばれる決まりだ。

そんな王女ばかりが六人もいて、それに対して男児は一人も生まれていない。

エルフィリア・ヴァージニアは詰まるところ、ヴァージニア国王と第二王妃の間に生まれた正真正銘《しょうしんしょうめい》のプリンセスなのだった。

「お読みください」

「……わ、分かりました」

褐色メイドに急《せ》かされて、アレンは封筒から手紙を取り出す。

手紙には『日没後、王女宮を訪れたし』と用件だけが簡潔に書かれていた。

「どうして、俺なんかを……」

余計に疑問が深まってくる。

第二王女エルフィリアと顔を合わせたことはある……が、それは六年前の一度きりだ。

当時のアレンは王立騎士団に入団したばかりの十六歳で、エルフィリアに至ってはわずか十歳の子供である。顔を合わせていたのも小一時間に満たない。

エルフィリアと会っているところを見つかり、騎士団長からしこたま叱《しか》られたことは覚えている。しかし、どんなことを話したかは緊張のせいか覚えていなかった。

「何かの間違いではないですよね？」

「間違いではございません。エルフィリア様のご命令です」

「……なるほど」

けれども、王女直々の命令を無視するわけにもいかない。

王立騎士団をやめたとしても、騎士道と愛国心はアレンの中に息づいている。

それに事態は急を要する可能性がある。このメイドはおそらくエルフィリアの護衛官だ。

もしもの場合に備えて、戦闘の心得がある人間を寄越したのだろう。

「案内をお願いします」

「ありがとうございます。それではこちらに……」

アレンは褐色メイドと宿舎を出る。

宿舎の前には二頭立ての箱馬車が待機していた。

アレンと褐色メイドが箱馬車に乗り込み、それから揺られること三十分……箱馬車は城下町を抜けて王宮に到着した。

二人は箱馬車を降りると、そのまま王宮の一階を真っ直ぐに進む。

王宮から再び屋外に出ると、そこは裏庭になっていた。

広々とした草地の向こうには、うっそうとした森が広がっている。

そして、森に立ち並ぶ木々の中からは、五つの宮殿が突き出ている様子が見えた。

「ここが『王女区画』ですか……」

「六人の王女様が暮らすためだけの空間です。王女様が招いたものを除き、男子禁制になっておりますので、私から離れないようにご注意ください」

王宮の裏庭にはまたもや二頭立ての箱馬車が待機していた。

再び箱馬車に揺られて、太陽が木々の向こうに沈んだ頃……アレンと褐色メイドは森の中にある第二王女の居城に到着した。

王女の暮らしている城は王女宮と呼ばれている。

エルフィリアの王女宮は、つやのある真っ白な石材を基調としており、城というよりも神殿のごとき厳《おごそ》かな外観をしていた。

褐色メイドに案内されて、アレンは王女宮の中に足を踏み入れる。

発光する希少鉱石《こうせき》を照明に使っているため、王女宮の中は真昼のように明るい。

二人はエントランスホールにある階段から最上階に向かった。

最上階の五階に到着すると、すぐ目の前がドアになっていた。最上階は城から塔《とう》のように突き出た構造になっており、あるのはエルフィリアの自室だけらしい。

「どうぞお入りください、アレン様」

褐色メイドがドアを開け放ち、アレンは恐る恐る王女の自室に入る。

最上階を丸ごと使っているだけあり、エルフィリアの自室は広々としていた。南側はバルコニーに通じているため開放感がある。バルコニーからは青白い月明かりが差し込み、この世のものとは思えない幻想的な空気を作り上げていた。

調度品《ちょうどひん》からも気品が感じられる。天蓋《てんがい》付きのベッドに化粧台《けしょうだい》、バイオリンやフルートなどの楽器類まで、どれも使い込まれていながら綺麗《きれい》に磨き上げられていた。

部屋の隅にある大きな本棚《ほんだな》には、専門家が読むような書物が並んでいる。部屋の主の多才ぶり、勉強熱心ぶりが至るところから感じられた。

褐色メイドが恭《うやうや》しく頭を下げる。

「エルフィリア様、お連れいたしました」

「……時間通りね」

部屋の中心にあるティーテーブルで、エルフィリアは紅茶を楽しんでいた。品のよい香りが漂い、アレンは緊張がわずかに緩《ゆる》む。

第二王女エルフィリア・ヴァージニアは御年十六歳。

かなり小柄なため遠目では幼く見えるが、紅茶を楽しむ横顔は大人びており、すでに王族特有の気品に満ちあふれている。

身にまとうのは真白の極薄ドレス。それはさながら女神のまとう羽衣《はごろも》で、目をこらせば生地の向こうの柔肌《やわはだ》が透けて見えそうだった。

そんなドレスにも増して妖艶《ようえん》な美しさを放っているのが、エルフィリアの代名詞とも呼ばれている銀色の頭髪だ。腰のあたりまで伸ばした銀髪は、青白い月光を受けて淡く輝き、見るものを挑発するかのように揺れている。

（深みのある青い瞳……見つめられると吸い込まれてしまいそうだ）

装飾品の一つ一つも洗練されているが、それらも主の持つ魅惑的な美貌《びぼう》には敵《かな》わない。

エルフィリアはアレンを見て、満足そうにニコリと微笑《ほほえ》んだ。

彼女の笑顔からは、愛《いと》しい子供を眺めているような愛情と、圧倒的な高みから見下ろしているような別次元の余裕が、同時にひしひしと感じられた。王族として国民を前にしたときの態度が、弱冠《じゃっかん》十六歳にして完成されているのだ。

アレンはその場にひざまずいた……いや、自らひざまずいたのではなく、エルフィリアの圧倒的な存在感を前にして、敬服せずにはいられなかったのである。

アレンの中にあるエルフィリアのイメージは六年前の姿で止まっていた。

当時の彼女からも気品の片鱗《へんりん》は感じたが、ここまで成長しているとは思わなかった。

「ご苦労様、クローネ。外してもらえるかしら？」

「かしこまりました、エルフィリア様」

クローネと呼ばれた褐色メイドが部屋を出る。

（赤の他人も同然の男と、王女が二人きりになるだなんて正気か⁉）

緊張のあまりに自分の心臓の音が聞こえてきた。

アレンにとっては今の状況が、魔物の群れの中に放り込まれるよりも恐ろしい。

「顔を上げなさい、アレン・ブラキッシュ」

「ははっ！」

言われて、アレンは顔を上げる。

いつの間に近づいてきたのか、お互いの吐息が顔にかかるほどの距離で、エルフィリアが彼の顔を覗《のぞ》き込んでいた。彼女は品定めをするような視線で、青色の瞳を俺に向けている。瞳の奥には星が瞬くような不思議な輝きがあった。

「王女様、いけません⁉」

アレンは思わず飛び退いてしまう。

悪戯《いたずら》が成功した子供のようにエルフィリアがクスクスと笑った。

あどけない表情にもかかわらず、アレンは艶《つや》やかな唇に視線を奪われてしまう。

男所帯の王立騎士団で青春を過ごしたせいか、どうにも女性の色気というものにすぐ動揺《どうよう》してしまう。普段は硬派《こうは》を気取ることでごまかしているが、まさか王女様の前で失礼な態度を取るわけにはいかない。

「久しぶりね、アレン」

エルフィリアのいかにも親しそうな呼びかけ。

アレンはさらに戸惑いながらも、その場に改めてひざまずきなおした。

「……お、お久しぶりです、王女様」

「エルフィリアと呼びなさい」

「……エ、エルフィリア様」

「むぅ……」

エルフィリアが少し不満そうに唇をとがらせる。

（これはまさか、呼び捨てにさせようと……いや、そんなはずない）

アレンは大それた想像を振り払う。

エルフィリアが気を取り直すようにコホンと咳払《せきばら》いした。

「王宮の状況については知っていますね？」

「はい、多少なりですが……」

王宮は……ヴァージニア王国は大きな転機を迎えている。

このところ、王国全体がある一つの話題で持ちきりだ。

「国王様は病《やまい》に伏せることが多くなり、後継者をお選びになろうとしているとか……」

国王の血を引いた六人の異母姉妹たち……彼女たちの誰が王位を継ぐのか、それは今のところ決まっていない。

「古くからのしきたりによると、男女の性別を問わず、王家の血筋を引いた子供が王位を継承すると聞いています。王位継承権は第一王女から順番に与えられていると……」

しかし、古いしきたり通りに話が進むなら世話はない。

女王になって国を変えたい、富と名誉を得たい、他の姉妹に負けたくない……後継者争いを起こす理由はいくらでもある。

　国王自身にだって、正しい相手に王位を継承させたいだろう。しかし、国王自身も異母兄に代わって王位を継承した経緯があり、国民投票すらも検討《けんとう》しているとの噂《うわさ》である。

「けれども、国王様にも王女様たちにも今のところ動きはないとか……」

「おおよそ、あなたの言った通りね」

　エルフィリアが銀髪をかきあげる。

「ただし、もう争いは始まっているわ」

「エルフィリア様もすでに危険な目に!?」

　アレンの言葉に彼女はこくりとうなずいた。

　胃の奥からぞくりと冷たい感覚が込み上げてくる。

　この事実が明るみに出れば、国民は大いに動揺し、隣国はつけいる隙《すき》を狙うだろう。場合によっては、ヴァージニア王国の三百年にわたる安寧《あんねい》が崩されかねない。

「私は玉座になんか興味がないわ。でも、飛びかかる火の粉は振り払わなければいけない。そのためにアレン……あなたの力を必要としているの」

「俺の力を？」

「あなたを護衛官として雇いたいと考えているの。ただし、表向きとしてはね」

「秘密裏《ひみつり》の仕事……というわけですか」

後継者争いの真実を聞かされたときにうすうす気づいていたが、どうやら仕事自体も表には出せないものであるらしい。

(まさか、殺し屋にでもなれと言い出したりしないよな?)

不安が表情に出てしまっていたようで、

「大丈夫。あなたを刺客《しかく》にするつもりはないわ」

アレンの心を見透かしたかのようにエルフィリアが言った。

「むしろ、あなたには刺客たちの相手をしてもらうつもりよ」

「それこそ護衛官の仕事では?」

「護衛官なら足りているの。先ほどのクローネをはじめとして、腕の立つ護衛官をメイドたちの中に紛《まぎ》れ込ませているわ。実際、私を失脚させるために送り込まれた刺客を捕まえたばかりよ。もちろん、あなたの後遺症についても知っている」

「それなら、俺にできることはなにも……」

「アレン、まずはあなたの適性を確かめるわ。あなたに素質があると判断できるまで、仕事の内容を話すことはできない。私の命令……聞いてもらえるわね?」

アレンの耳元で囁《ささや》くエルフィリア。

「命令……」

彼は王女直々の言葉を反芻《はんすう》する。

「……承《うけたまわ》りました」

アレン自身が驚くほど決断は早かった。

これでも元騎士としてのプライドがある。ここで断ってしまうのは、高貴な女性に献身することを尊《とうと》ぶ、アレンの中の騎士道が絶対に許さない。

そもそも、一国の王女が自室に招いてまで頼み事をしているのだ。たとえ騎士でなくても、ああだこうだと理屈をこねて、話も聞かないのは実に男らしくない。

今まで通りの生き方はできなくなった。

しかし、少なくともアレンの中にあるプライドは消えていない。

怪我《けが》の一つや二つで人生を絶望視して、勝手に何もかもを諦めるなど、冷静になって考えればあまりにも情けなすぎた。

「それでは一つ目の命令よ」

意気込むアレンに対して、エルフィリアが告げた。

「私を呼び捨てにしなさい」

「なっ……!!」

彼女の意図を理解できず、アレンは一瞬で混乱してしまう。

エルフィリアは堂々と腕組みし、ひざまずく彼を見下ろしていた。

「どうしたの？　早く呼び捨てにしなさい」

「は、はい……ですが……」

アレンは困惑する自分自身に檄《げき》を飛ばす。

(どうした、アレン・ブラキッシュ！　吹っ切れたのは嘘だったのか？)

エルフィリアの意図が分からなかろうが、彼女から与えられた命令に従うためだ。

アレンは大きく深呼吸し、これも任務だと強く意識する。

すると、高鳴っていた胸の鼓動がゆっくりと落ち着きを取り戻してきた。

肌ににじんできた汗が引き、頭の方も冷静に研《と》ぎ澄まされる。

これは王立騎士団時代、戦場に出たときも同じだった。戦場に出る前は緊張もするし不安にもなる。しかし、いざ戦うときになると、アレンは自分でも不思議なほど冷静になれた。自分に受け継がれた名門騎士の血筋が手助けしたのかもしれない。

「……エルフィリア」

「そんなに優しい声ではダメよ。もっと罵《ののし》るようにして！」

険しい表情を浮かべるエルフィリア。

アレンはふがいない部下をしかりつけるように声を張り上げる。

「エルフィリアッ！」

「んっ……それでもまだ足りないわ」

エルフィリアの体が小さくビクッと震えた。

多少は心に響いたのか、彼女の視線が左右にぶれ始める。まばたきの回数が明らかに多くなり、頬《ほお》はうっすらと赤みを帯びていた。威圧的な態度に怯《おび》えながらも、堂々とした態度を保とうとする様子は、年相応の少女らしい反応だった。

アレンは立ち上がってエルフィリアに詰め寄る。

頭二つ分近くも身長差があるため、エルフィリアは真上を見上げるような姿勢になった。

「ひっ――」

引きつった悲鳴を漏《も》らし、エルフィリアが一歩後ずさる。

アレンは仕事柄、魔物やならず者を威圧するのは慣れていた。父親譲《ゆず》りの恵まれた体格といかめしい顔つきもあって、豪傑《ごうけつ》や無頼漢《ぶらいかん》を演じることは難しくない。

アレンの中にある素質を確かめられたからか、エルフィリアは明らかに怯えていながらも、嬉しがっているような笑みを浮かべている。

「もっとよ、アレン……もっと、私の心を折るように……」

「エルフィリアッ‼」

「ンンンンンッ……」

アレンがならず者を威圧するかのごとく怒鳴りつけると、エルフィリアは痙攣《けいれん》したように背筋を震わせ、それを押さえ込むように自分の体をきつく抱きしめた。じっとりと汗をかいた肌に極薄のドレスが貼り付き、いよいよ色白な肌が透けて見えてくる。

「はーっ……はーっ……」

熱い息を吐いているエルフィリア。

汗に濡れた肌がうっすら上気している様子は、六年前に出会った少女と同一人物とは思えないほどなまめかしい。涙で潤んだ青い瞳を向けられると、胸の奥にしまい込んだはずの熱情がかき立てられてくる。

「第一段階は合格……でも、本番はここからよ」

エルフィリアがよろめきながらティーテーブルに両手をついた。

自然とアレンに背を向けて、臀部《でんぶ》を突き出す姿勢になる。

(年頃の少女が……ましてや一国の王女が男の前でする格好ではないな)

エルフィリアは何を思ったのか、片手でドレスのスカートをたくし上げた。

スカートの下から現れたのは、小柄でスリムな体つきからは想像つかないほど、肉付きのよい臀部である。

身につけている下着はシルク製で、余計な装飾もなく一見すると上品だが、何しろ布地が極小なので、満月のように美しい生尻が剝き出《むきだ》しになっていた。透き通るような柔肌《やわはだ》は傷一つなく、見るからに弾力がありそうで生命力に満ちあふれている。

「そこの棚《たな》に乗馬用の鞭《むち》があるわ」

エルフィリアに言われて確認する。

楽器類の飾られている棚には、他にも様々な種類の馬具が飾られていた。

鞭はかなり細身な形状で、よくしなる棒と表現した方が正しいかもしれない。

「その鞭で私のお尻を限界まで叩きなさい」

「なっ――」

押さえ込んでいたはずのためらいが一気に込み上げてくる。

呼び捨てにするだけでも大それたことだった。

それだけにとどまらず、一国の王女に対して鞭を振るうだなんて……。

「あなたはもう騎士ではないわ」

エルフィリアが再びアレンの心を読んだかのように言った。

「そして……私も王女ではない、今はただのエルフィリアよ」

「……承知しました」

王女自ら覚悟を示してくれている。

アレンはためらいを封じ込め、おもむろにエルフィリアに近づいた。

「しかし、あんな道具は必要ありません」

「えっ⁉」

驚いて目をパチパチさせるエルフィリア。

アレンはまず彼女の腹部を左手で支える。ドレス姿に透けるシルエットから、華奢《きゃしゃ》な体つきをしていることは分かっていたが、実際に支えてみると羽毛の枕を抱えているような軽さだ。担《かつ》ぎ上げるのも容易だし、たとえ暴れ回っても絶対に逃がさない自信がある。

エルフィリアの生尻を改めて見据えると、不思議な感覚が脳裏《のうり》をよぎった。

アレンはすぐに思い当たる。

戦場で戦っていたとき、同じ感覚に襲われることが何度もあった。

敵対している相手の古傷や、鍛えていない箇所《かしょ》……つまり弱点が見えてくるのだ。

「始めます」

アレンは右手を高らかに振り上げると、エルフィリアの柔らかそうな臀部に……その双丘《そうきゅう》の右側に手のひらを叩きつけた。

稲妻《いなずま》がほとばしったかのような甲高《かんだか》い打撃音が響き、

「んぁっ」

同時にエルフィリアが淑女《しゅくじょ》とは思えない甘い声を漏らした。

手応えあり。

エルフィリアの四肢《しし》がガクガクと震えだし、肌からはじんわりと脂汗《あぶらあせ》が染み出した。平手打ちをくらった箇所には、生々しく赤々とした手形ができあがっている。目には大粒の涙が浮かんでおり、奥歯を噛《か》みしめて耐えているから八重歯《やえば》が剝き出しになっていた。

アレンが感じ取った通りに、彼女にとって尻は文字通りの泣き所だったらしい。

（これがエルフィリア様の確かめたがっていた素質なのか？）

戦場で鍛えられた勘が、まさか尻叩きで役立つことになろうとは……。

奇妙な運命を感じながらも、アレンは二打目を双丘の左側に打ち下ろす。

甲高い打撃音はこの部屋どころか、王女宮全体で聞こえそうなほどに響いた。

「いやっ……あっ、あっ、あっ……」

エルフィリアは身をよじらせ、髪を振り乱しながらも、四肢の震えを押さえ込もうとする。

アレンは休憩する時間を与えまいと、間髪《かんはつ》容《い》れずに彼女の尻を叩き続けた。

手のひらを叩きつけるたび、エルフィリアは声を漏らしてしまう。尻を叩かれた瞬間こそ、彼女は耐えがたい苦痛に表情を引きつらせていたが、アレンの顔色を時折確認しては、悦《えつ》に入《い》ったような笑みを浮かべていた。

（笑顔を浮かべられる余裕があるのか……）

アレンが想像していたよりも、エルフィリアはずっと我慢強いらしい。

尻叩きに耐え続ける彼女の体からは、なんとも言えないにおいが立ち上っていた。桃のように甘い香水のにおいと、弾け飛ぶ汗のにおいが入り交じり、実に官能的なかぐわしさである。

ただし、高貴な女性が発しているとは思えない猥雑《わいざつ》さも感じられた。

（エルフィリア様とて一人の女であるということか……）

それから、左右それぞれ十回ほど叩いたときである。

「ま、待ってっ！　も、もう十分よっ！　十分だからっ！」

エルフィリアが喉《のど》の奥から絞《しぼ》り出すような声で言った。

「本当にっ！　これ以上は……んっ！　ダメになっちゃう、からっ……」

アレンは振り下ろしかけた右手を止める。

何度も打ち据えられたエルフィリアの臀部は、熟れた桃のような赤みを帯びていた。四肢はやっと体を支えられている状態で、生まれたての子鹿のように小刻みに震えている。眉間《みけん》にしわが寄ってしまって、全身に力が入っている様子がはっきりと見て取れた。

「ふーっ……ふーっ……素質は、あったわ。合格よ……」

エルフィリアの半開きになった口からは、だらしなくよだれが垂れてしまっていた。尻を叩かれるたびに体を激しくよじっていたので、美しい銀髪は強風に吹かれたかのごとく乱れに乱れきっている。

（見事な姿だ……）

アレンは素直に感動していた。

一国の王女がこんな姿になるまで体を張ってくれたのだ。

彼女の有様を美しいと思いこそすれ、決して無様《ぶざま》だとか情けないだとかは思わない。

エルフィリアが息を落ち着かせてから告げた。

「アレン・ブラキッシュ。あなたを私の高級尋問官に任命します」

「高級尋問官、ですか？」

聞き慣れない役職だったので、アレンは思わず聞き返してしまう。

尋問官は実在する役職だ。犯罪者や捕虜《ほりょ》を尋問するのが仕事で、適切な尋問ができるか、非人道的な拷問《ごうもん》になってしまうか……それは個人の腕前が大きく関わってくる。

「あなたには私のところに送り込まれてきた刺客《しかく》を尋問してもらうわ」

「なるほど、そういう事情でしたか」

適性ありと分かるまで仕事内容を話せなかったわけだ、とアレンは得心する。

表向きは護衛官として雇える人物となると、ある程度の社会的地位と見合った実力が必要になる。それも後継者争いの派閥《はばつ》争いに関係ない人間に限られる。

「王女区画には基本的に女性しか入れない都合上、私のところに送り込まれてくる刺客もおそらく女性ばかりになるわ。すでに捕まえてある一人目の刺客も、使用人のメイドとして私の王女宮にやってきたの」

「俺が女性を尋問することになるのですか？」

「あなたはもうやったわ」

エルフィリアが不敵な笑みを浮かべる。

「第二王女である私のお尻を真っ赤になるまで叩くことができたじゃない？　あなたの叩き方には迷いがなかった。私のことを臆せず叩けたのだから、どんな刺客を尋問することになっても恐れることはないわ」

　本当に大それたことをしたものだ、とアレンは今更自分の成したことに驚かされる。

　騎士道を貫いてきた彼にとって、これは神に弓を引くに等しい行いだった。

「エルフィリア様のおかげです」

「私はここでお尻を叩かれていただけよ」

「いいえ、あなた様の覚悟があったからこそ、俺は気持ちを切り替えることができました」

「そ、そう？　それならよかったわ」

　エルフィリアが急にアレンから顔を背けてしまう。

　彼女の表情はよく見えないが、口がむにむにと動いているのは分かる。

　数秒してから振り向くと、エルフィリアは再び真剣な表情になっていた。

「あなたの二つ名……『死神の目を持つもの』、だったかしら？」

「ならず者たちからは、そのように呼ばれることもありました」

「あなたは優れた能力を二つ持っていたと聞いているわ。その一つ目が弱点を見抜く力……あなたと戦ったものたちは、見えないところにある古傷や、鍛錬をおろそかにしていた箇所を的確に攻められたとか」

　エルフィリアが赤くなった臀部をちらりと見る。

「お尻を叩かれたとき、私も弱点を突かれた思いだったわ」

「この力の使い道に気づけたのもエルフィリア様のおかげです」

「刺客たちの中には尋問に耐える訓練を受けているものもいるわ。そういったものたちは苦痛に強く、でたらめに痛めつけたところで効果が薄い。弱点を効果的に責めてこそ、尋問対象を過度に傷つけず情報を聞き出せるのよ。そして、二つ目の能力が……」

「分かりました。今から証明してみせます」

「えっ？」

アレンは左手で彼女の体をしっかりと固定する。

「限界まで臀部を叩くようにとおっしゃいましたが、エルフィリア様の体はまだまだ限界を迎えられてはいませんでした」

『死神の目を持つもの』と呼ばれる所以《ゆえん》となった能力。

その二つ目こそ、嘘を見抜く力である。

これはなにも魔法じみた力ではない。魔物やならず者と戦うとき、フェイント攻撃を見破ったり、口八丁《くちはっちょう》で惑わそうとするのを見抜いたりする程度のものだ。

尻を叩かれたエルフィリアの限界を見抜けたことから察するに、相手を極限状態に追い込むことが必要らしい。痛めつける、疲れさせる、恥ずかしがらせる、怖がらせる……方法は色々とありそうだ。

（エルフィリア様は今のところ、およそ八割……いや、七割ほどしか追い込まれていない）

流石《さすが》は一国の王女だと感心する。彼女の演技力には最後まで騙《だま》されそうになった。もしかしたら自分自身、無意識のうちに加減してしまっていた可能性もある。

「限界を見極めさせていただきます」

アレンは振り上げた右の手のひらを、エルフィリアの尻に叩きつける。

「ひぁっ⁉　な、なにをっ……」

雷鳴のごとき鋭い音が響き渡り、彼女の汗が四方八方に飛び散った。

エルフィリアの背筋が糸で吊られたかのように反り返る。

全身がピンと張り詰め、衝撃を逃がせなくなったところを見計らい、アレンはさらに平手打ちを見舞った。左右合わせて二十回以上も叩いているのに、エルフィリアの生尻は張りと弾力を失わず、むしろ叩いた瞬間に手のひらに吸い付いてくる。

「くっ……うっ……♥　もう……もう、やめっ……♥」

エルフィリアは懇願《こんがん》してくるが、素質を確かめたいという彼女のためにも、アレンはここで手を抜くわけにはいかない。

「限界っ、だからっ……」

「嘘をつくな、エルフィリア」

「あっ♥　またエルフィリアって呼んでくれてっ……あぁんッ♥」

アレンはおもむろに赤くなった尻を右手でわしづかみにする。

エルフィリアの全身が硬直し、頭からつま先までピンとなった。

「それっ……それは反則よぅ……」

「しゃべろうとするな。舌を噛むぞ」

「は、はひぃ……♥」

アレンは心を鬼にして、エルフィリアの尻を叩き続ける。それでいて、彼女の心に響くようにと願う気持ちも忘れない。

相手を憎んでいるから叩くわけではない。尋問をなるべく早く、相手を傷つけずに終わらせたい……そんな思いやりを込めて、アレンはエルフィリアの生尻に右手のひらを振り下ろす。

そして、彼の気持ちに応えるかのように、彼女の悲鳴は徐々に色めいていった。

そうして、左右合わせてちょうど百打目を終えたときだ。

「も……う……だ、めっ……」

エルフィリアの四肢から完全に力が抜けて、彼女は両手をついていたティーテーブルにぐったりと顔を伏せた。垂れたよだれが唇から糸を引き、完全に惚《ほう》けてしまっている。視線も全《まった》く定まらず、まるで白昼夢《はくちゅうむ》でも見ているかのような様子だ。

百叩きに見舞われたエルフィリアの生尻は、桃のような淡い赤みを越えて、食べ頃の林檎《りんご》さながらに真っ赤に染まっている。空気に触れるだけでもつらそうなのが一目で分かり、指先で表面をなぞりでもしたら、手のひらで叩いたとき以上のしびれが走ることだろう。

足下の絨毯《じゅうたん》はぐっしょり濡れて、汗の水たまりができあがっている。痛みに耐えさせただけではなく、精神的なダメージも与えられたと考えていいだろう。

「や、やめ……やめ、へ……」

ろれつが回っていないエルフィリア。

これは演技ではない、とアレンの勘が告げていた。

限界だと判明した以上、これ以上の尻叩きは無用だ。

「エルフィリア様、失礼します」

アレンはエルフィリアの体を抱きかかえる。

彼女の極薄ドレスは汗をたっぷり吸って重くなっていた。

「きゃっ……ア、アレン?」

「ベッドまでお運びいたします」

アレンはエルフィリアを天蓋《てんがい》付きベッドにうつぶせで寝かせる。

すると、タイミングを見計らったかのようにメイドのクローネが部屋に入ってきた。

「アレン様、あとはお任せください」

クローネが戸棚からガラス瓶《びん》を持ってきて、エルフィリアのベッドに上がる。

ガラス瓶は乳白色《にゅうはくしょく》のとろみのある液体で満たされていた。

「こちらはエルフィリア様がご自身で調合された薬液です。尋問対象が怪我《けが》をしてしまった際は、これを患部に塗り込んでください。単純に美容効果もあります」

「な、なるほど……」

（塗り込んでくださいということは、もしかして俺が塗ることになるのか？）

まさかな、とアレンは妙な想像を振り払う。

クローネは薬液を両手に垂らすと、エルフィリアの尻に塗り込み始めた。

「ひゃひっ⁉　ク、クローネ、もっと優しく……」

「エルフィリア様、あまり動かれますと満遍《まんべん》なく塗り込めません」

「で、でも、結構染みるのよ……んひゃっ！」

エルフィリアは枕に顔を埋め、薬液を塗り込まれる痛みに耐えている。端《はた》からだとぬいぐるみを抱きかかえる子供のようだ。薬液を塗り込まれた尻はぬらぬらとてかり、ますます夜空に浮かぶ満月に似てきている。

アレンは彼女の枕元にひざまずいた。

「申し訳ありませんでした、エルフィリア様」

「アレン……あなたの謝ることではないわ」

エルフィリアの声は震えている。

限界まで消耗《しょうもう》したにもかかわらず、王女らしい振る舞いをしようとする彼女の姿が、あまりにも健気《けなげ》で胸にじぃんと響いた。

「私は自分自身を使って、あなたの素質を確かめたかったの。それが一番確実だものね。だから、あなたに叩かれるなら本望だし、実際に素質ありと確かめられた。まあ、嘘を見抜く力については、六年前すでに体感していたけどもね」

「六年前……あぁっ⁉」

どうして忘れてしまったのか。

アレンはようやく、当時のことを思い出す。

六年前、そのとき十歳だったエルフィリアは、手のつけられない悪戯《いたずら》娘として王国中で有名だった。大人達も更生を諦めて、彼女には近づこうとすらしなかった。

「俺はあのとき、十六歳の新米騎士でした」

「懐かしいわ。あなたは私を追いかけてきて、王宮で起こっている騒ぎは私の仕業《しわざ》なのか聞いてきたのよね。私はしらを切り通そうとしたけど、あなたは私の嘘を完全に見抜いていた。子供とはいえ、王族である私を怖がらず……」

「俺も実家の屋敷で悪戯したときは、庭師のおじいさんや、使用人のおばさんに思いっきり叱《しか》られたものです」

「あなたは素晴らしい環境で育ったのね」

心の底からうらやましがっているらしいエルフィリア。

それはきっと、王族故に得られなかったものなのだろう。

「私を捕まえたあと、あなたはなんて言ったか覚えてる？　嘘をつくな、エルフィリア。王女様でもなく、エルフィリア様でもなく、あなたはそう言ったのよ」

「失礼なことを言ってしまいました」

「でも、それが私には嬉しかった。あのとき、私を叱ってくれる人間はいなかったわ」

うっとりとしたエルフィリアの表情から、彼女の言葉に偽りなしと分かる。

叱られることが嬉しい。

アレンのような一般人には、最初から足りているが故に分かり得ない喜びだ。

「あなたに罪を追及されたときの、なんとも言えない喜び……あの瞬間の感覚を私は一日として忘れたことがないの。私のことをもっと叱ってほしい。王女という飾りを取り払った……不完全でいびつな裸の私を見抜いてほしい。それが私にとっての幸せなのだもの！」

エルフィリアの興奮しきった表情があまりにもなまめかしく、アレンはとっさに彼女から視線を外してしまう。

（集中力が切れてしまった途端にこれだ……）

アレンは先ほどまで、冷酷《れいこく》なまでにエルフィリアの尻を叩き続け、彼女の方は猛獣のように泣きわめいていたのに……今ではもう余裕ぶりがすっかり逆転している。こんな調子で女性の刺客たちを尋問できるものなのか、と不安になってきた。

（いや、できるかどうかじゃない……絶対にやり遂《と》げてみせる！）

アレンは新たに決意を固め、背けていた顔をエルフィリアに向ける。

「高級尋問官の仕事、受けさせていただきます」

「頼りにしているわ、アレ……んぁっ⁉　クローネ、そこは染みるわ！」

後ろを振り返って抗議するエルフィリア。

クローネが最初の印象に反してあたふたし始める。

「染みるところこそ、念入りに塗り込みませんと……」

「もーっ！　もっと優しく！　丁寧《ていねい》に！」

「しかし、私は元来戦うことが専門でして……」

二人の会話が微笑《ほほえ》ましくて、アレンは今日初めてホッとした気分になる……いや、もしかして、心の底から安堵《あんど》できたのは、両足を大怪我して以来かもしれない。

両足を元に戻すことはできなくても、失われた部分を別のもので埋めることはできる。そのことをエルフィリアから教わったように感じた。

「さてと、こうなると明日から大忙しね」

エルフィリアがふんと鼻息をならす。

「アレンの荷物を運び込んだり、制服や武器も用意したりしないと！」

「運び込んだりって……えっ？」

目をパチパチさせるアレン。

エルフィリアがにんまりとする。

「あなたもここに住むのよ。当たり前でしょ?」

「王女宮は男子禁制では⁉」

「王女に招かれた男なら別よ。部屋は私と一緒で構わないわね?」

「構います!　大問題です!」

表向きは護衛官とはいえ、王女と同居する護衛官なんて聞いたことがない。

アレンの訴えは聞き届けてもらえていないようで、

「クローネ、諸々《もろもろ》の手配を早速頼んだわね」

「かしこまりました、エルフィリア様」

王女様とメイドの間では、とんとん拍子に話が進んでしまっていた。

(これは……一体どうなってしまうんだ?　もしかして、エルフィリア様は俺に邪《よこしま》な思いがないか確かめようとしているのか?　俺が尋問しているつもりだったが、本当に心の内を探られているのは俺の方だったのか?)

こんなときこそ騎士道だ、とアレンは自分自身に言い聞かせる。

エルフィリアは第二王女として、ヴァージニア王国の今後を担《にな》うであろう人物……そんな女性の色気に惑わされ、情欲に走ってしまうなど言語道断《ごんごどうだん》だ。

これからは常在戦場《じょうざいせんじょう》の覚悟で刺客たちから彼女を守るべしと、アレンは人知れず意気込むのであった。

「ひゃわっ⁉　ク、クローネってば、そこはダメ！　くすぐったいの！」

「でも、ちゃんと際《きわ》まで塗りませんと……」

「変なとこ触ってるっ！　変なとこ触ってるってば……あんっ♥」

年頃の女の子たちがじゃれ合っていると考えるべきか、刺客に狙われているのに緊張感がなさ過ぎると考えるべきか。

ほっこりするべきか、注意するべきか判断できず、アレンは苦笑いを浮かべていた。

2 泥棒猫はおしゃれキャット

アレンが高級尋問官に任命されてから数日が経過した。

昼過ぎにエルフィリアの自室を訪れる。

アレンは護衛官の制服に着替えていた。王立騎士団と同じく詰《つ》め襟《えり》だが、こちらは真っ白な生地が使われており、高級感と品を感じさせる。着ているだけで自然と気持ちが引き締まってきた。

「よく似合っているわ。まさしく理想の騎士よ」

エルフィリアはうっとりとした表情を浮かべている。

彼女はおもむろに近づいてくると、周囲をくるくると回りながら、舐《な》めるようにアレンの制服姿を観察していた。まるで、生まれて初めて馬を見た幼子のごとき無邪気さだが、観察する目つきには明らかに艶《つや》がある。

薄手の純白ドレスに透ける細身ながらも肉感的な肢体《したい》、立ち上ってくる甘くかぐわしい女の色香……エルフィリアに目の前まで近づかれると、アレンは否《いや》が応《おう》でも彼女の肉体的な魅力を感じ取ってしまう。

（俺はこの人の尻を叩いたんだよな……まるで夢のような話だ）

けれども、その夢が現実だったからこそ、自分はこうして護衛官の制服を着ている。

そして、護衛官はあくまで王女宮で働くための仮の姿だ。

「エルフィリア様、それくらいに……」

傍《かたわ》らに待機していたクローネが声を掛ける。

一見してクールに見えるメイド兼護衛官の彼女は、どうやらご主人様に毎日振り回されっぱなしらしい。ここ数日、アレンはクローネの案内で王女宮に出入りしていたが、移動中は無口な彼女が、エルフィリアの前だと驚くほどよくしゃべった。

「んもう、気の済むまで観察させてくれたっていいじゃない」

子供のように頰《ほお》をぷっくり膨《ふく》らませるエルフィリア。

そんな彼女を目の当たりにして、クローネが不意に頰を赤くした。

「で、ですが、仕事についても説明いたしませんと……」

エルフィリアの純粋な可憐《かれん》さは、同性すらも虜《とりこ》にしてしまうらしい。クローネの場合はメイド兼護衛官として、忠誠心が強いからなおさらに違いない。

毎日ドキッとさせられることばかりで大変だろうな、とアレンは早々にシンパシーを感じてしまう。

「仕事のしようがないんだもの。説明しても仕方がないわ」

大きく両手を広げてみせるエルフィリア。

「仕事のしようがない？」

アレンは思わず聞き返した。

「エルフィリア様を失脚させようと送り込まれてきた刺客《しかく》は、すでに一人捕らえてあるという話ではありませんでしたか？」

「捕まえてはいるわ。王女宮の地下には古いものだけど牢屋《ろうや》もあって、ひとまずそこに閉じ込めてあるの。まさか、私の代の後継者争いで使うことになるとは思わなかったわ。本当なら封じたままにしておきたかったのだけれど……」

諍《いさか》いを好まないエルフィリアの気持ちが痛いほど伝わってくる。

それならなおのこと、尋問を早いところ済ませてしまいたいが……。

「申し訳ございません、アレン様」

クローネが申し訳なさそうに頭を下げた。

「刺客を捕縛《ほばく》する際、負傷させてしまったのです。普通なら怪我《けが》が完治してもおかしくない頃合いなのですが、どうやら怪我の治りが遅い体質らしく……あと数日、お待ちいただく必要があると思います」

「いや、それはクローネさんが謝ることではないですよ」

アレンは事情を聞いて納得する。

「相手を無傷で捕らえることが難しいことは、俺も王立騎士団時代に嫌というほど実感させられました。エルフィリア様を守り、刺客を捕らえることにも成功したのですから、クローネさんは十分に責務を果たしたと思います」

「……ア、アレン様」

クローネが頭を上げると、彼女は表情をほころばせていた。

アレンは彼女の同僚として、上手《うま》くやれそうな予感を覚える。

自分が堅物《かたぶつ》なのは自覚している。クローネのように真面目《まじめ》な人とは大抵気が合うのだ。

「ですから、残りの仕事は俺に任せてください」

「よろしくお願いします、アレン様」

「ふふっ……流石《さすが》は私の選んだ尋問官ね」

エルフィリアが満足そうにうなずいたかと思うと、

「自分に厳しく他人に優しい……でも、私には厳しくしてもらっても構わないのよ？」

いきなり彼女の悪い癖《くせ》が出てきてしまった。

「は、はぁ……善処します」

エルフィリアの叱られたがりには、アレンも困惑させられっぱなしだ。

幼い頃から厳しく躾《しつ》けられ、王立騎士団でもきつくしごかれてきたアレンとしては、大人達から叱られないなんてことは考えられなかった。エルフィリアは余程特殊な環境で育ったということだろう。

自分が叱ったことにより、おてんばすぎたエルフィリアが立ち直ってくれたのは嬉しい。けれども、それで悪い癖を引きずってしまっているのには責任を感じてしまう。彼女をしっかりと叱れる人間など、今だって皆無に近いに違いない。

(俺は結局、どうするのが正解なんだ?)

まさか、仕事内容よりも雇い主との関係性で悩まされることになるとは……。

「それに加えて、よ」

困惑しているアレンに対して、エルフィリアが続けて言った。

「どうして、私との同居を拒《こば》んだのかしら?」

「そ、そんな恐れ多いこと、できるはずがありません!」

仕事中の集中しているときならともかく、エルフィリアの美貌《びぼう》と色気はアレンにとって刺激が強すぎる。こうして面と向かって話しているだけでも、ふとした瞬間に見とれてしまいそうになるくらいだ。

高級尋問官に任命されたとき、同居するようにとも言われたが、あれからアレンは王女宮の一室を間借りすることになった。王女宮の片隅にある物置だった部屋で、エルフィリアの部屋からはもちろん、王女宮で働くメイドたちの部屋からも離れている。

そもそも、女性しか立ち入れない王女区画、その中枢《ちゅうすう》である王女宮に男が住むというだけで大問題だ。巷《ちまた》ではすでに『王女宮に住み込む男性護衛官、アレン・ブラキッシュ』の存在が噂《うわさ》になっている。

「もしも万が一のことがあったら、エルフィリア様の地位を傷つけてしまうことになります。王位継承権を失うどころか、王家から追放されるようなことすら――」

「あら、どんなことをしたら追放されたりするのかしら？」

クスッと微笑むエルフィリア。

無邪気な笑みであるはずなのに、アレンはあらぬ想像をかき立てられてしまう。

思い出されるのは数日前、月明かりの下で目《ま》の当たりにしたエルフィリアの姿だ。あのときは女神のごとき完成された肉体美にほれぼれとしたものだが、思い返すほどに男の欲求を激しくかき立てられてしまう。

エルフィリアがぺろりと唇を舐めた。

「あなたのしたいこと、詳しく説明してもらえない？」

「そ、それは口にすることもはばかられます！」

答えてから、アレンは失言したことに気づく。

「あ、いや、やましいことをしたいなどとは一つも……」

「ふふっ、いいのよ。むしろ安心したわ」

エルフィリアが優しく微笑み、ふわりと銀色の髪をかきあげる。

「私自身にも少しは魅力があったということだもの。あなたが私を気にかけてくれるのは尋問しているときだけ……なんてことでは、パートナーとして自信をなくしてしまうわ。でも、あなたの様子を見る限り杞憂《きゆう》だったようね」

「自信を持っていただけたのなら何よりです」

いや、これでよかったのか？

俺は隠しきれない男の性を露わにしてしまっただけだぞ？

「……ひとまず、私はあなたの生活まで縛るつもりはないわ」

エルフィリアがようやくアレンの間近から離れる。

「刺客を尋問できるようになるまでは、王女宮での生活に慣れることに専念してくれて構わないわ。ここで働いているメイドたちにも、あなたの部屋に押しかけたりしないように言ってあるから安心して。まあ、あなたが私の部屋で暮らしてくれたら、夜も楽し……頼もしいのだけどね」

「お心遣い、ありがとうございます」

メイドたちに自室まで押しかけられるのと、王女様の自室に逃げ込んで夜を明かすのと、どちらが果たして大変なのだろうか？

これからの生活に慣れていかなければ、とアレンは心の中で決意する。

王立騎士団のときとは別の方向性で苦労するのは間違いない。

「さて、これで今日は下がってもらって構わないわ」

エルフィリアがティーテーブルの椅子《いす》に腰掛ける。

「もう構わないので？」

アレンはホッとすると同時に若干《じゃっかん》拍子抜けした。

彼女のことだから、しばらく一緒にいるように言ってくるのかと思い込んでいた。駄々《だだ》をこねるなと叱られるならよし、引き留められるならそれもまたよし。けれども、高級尋問官の仕事ができない以上、護衛官として主のそばにいるのは自然なことだろう。

「これから王宮で会議があるのよ。夜までかかる予定でね」

「王女であるエルフィリア様が自ら参加されるのですか？」

「お父様を補佐する仕事を一年前から与えられているの」

「護衛は私にお任せください、アレン様」

クローネがメイド服を大きく押し上げているバストに手を当てる。

キリッとした表情がいかにも頼もしい。

（かりそめの護衛官である俺よりも、本物の護衛官である彼女に任せるのが正解だろう。俺は高級尋問官の力が必要になったときに呼ばれるだけでいい。そもそも、仕事でもないのにそばにいられるというのが大それた思い違いだ）

「クローネさん、エルフィリア様をお願いします」

アレンは納得して下がることにする。

部屋から出て行くとき、エルフィリアの寂しそうな顔を見た気がするが、それも都合のいい見間違いだったのだろうか？


エルフィリアの自室をあとにして、アレンは王女宮を見て回ることにした。

王女宮は五階建ての巨大な宮殿である。まずは建物の構造を覚えないと、自室に帰ろうとして迷子になって、情けない姿をさらしかねない。

廊下《ろうか》を歩いていると、大勢の使用人たちと行き会った。使用人の大半は身寄りのないものたちで、エルフィリアが自ら出向いて採用しているらしい。

（もしかしたら、俺が王立騎士団で戦っていたとき、魔物やならず者から救った女性が働いているかもしれないな……。俺は国民を救うために戦っていたが、エルフィリア様はその先のことまでも考えてくださっていたのか）

アレンが一人でエルフィリアの立派さに感心していると、

「ちょっと、やめなさいっ！」

廊下の角から少女の怒声が聞こえてきた。

それに続いて、複数の少女が騒ぎ立てる声も聞こえてくる。

瞬間、アレンの体が勝手に飛び出した。

王立騎士団で戦い続けてきた結果、女性の叫び声や悲鳴が聞こえると、頭で考えるよりも先に体が反応するようになっていた。

「喧嘩《けんか》しているわけを話しなさい！」

（……け、喧嘩？）

アレンは廊下の角を飛び出す寸前で立ち止まる。

角から覗《のぞ》き込んでみると、廊下の真ん中には三人の少女が立っていた。

三人とも年齢は十代前半、一人は赤髪のメイド、もう一人は黒髪のメイドである。

アレンの目を引いたのは、メイドたちの間に立っているエルフの少女だ。

エルフだと分かったのは特徴的なとんがり耳が見えたからである。透き通るような金色の長髪、爛々《らんらん》と光っている金色の瞳、そして染み一つない真っ白な肌は、よくよく見ると全《すべ》てエルフの特徴である。

背丈は小柄なエルフィリアよりもさらに低い。ブラウスにプリーツスカートという学生服の姿で、ブラウスには王立魔法学校の校章が刺繍《ししゆう》されていた。

幼い顔立ちながらも、喧嘩を仲裁《ちゆうさい》する姿には知的で大人びた雰囲気《ふんいき》がある。きりりとした太めの眉毛《まゆげ》が印象的で、いかにも意思が強そうに見えた。

「……なるほど、この子に東部出身であることを揶揄《やゆ》したと。それはいけないことだわ。エルフィリアお姉様が知ったら、とても悲しむでしょうね。王女宮で暮らしている人たちは、みんなが姉妹であり家族……それがお姉様との約束でしょう?」

エルフの少女は落ち着いた声で、喧嘩をしていたメイドたちに言い聞かせる。

メイドたちは彼女の言葉を聞くと、素直に反省し、そして仲直りしてくれた。

(こいつは見事なものだ……)

あまりにも仲裁の流れが鮮やかで、アレンはすっかり魅入《みい》ってしまっていた。

メイドたちが立ち去ったあとで、思い切って声を掛けてみることにする。

「あの、すみません」

「ひゃいっ!?」

タイミングが悪かったせいで、立ち去ろうとするところで話しかけてしまった。

エルフの少女が驚きのあまりに小さく跳ねる。

振り返った彼女は、まん丸の目をパチパチさせていた。

「お、男の人!? な、なんで王女宮に!?」

「驚かせて申し訳ありません。俺はアレン・ブラキッシュ。本日から王女宮で暮らすことになったエルフィリア様付きの護衛官です」

「あっ、あーっ! あなたが! 話には聞いています!」

思い出せて嬉しそうにするエルフの少女。

かと思ったら唐突《とうとつ》に駆け出して、窓ガラスを使って身だしなみを整え始める。手ぐしで髪をとかし、ブラウスのリボンを直し、それから小走りで戻ってきた。

身だしなみは確かに整えられたが、彼女の顔はさらに赤みが増している。

「わ、私はレベッカ・ホワイトと言います。十四歳です！　エルフィリアお姉様のご厚意で、王女宮に住まわせていただいています。お姉様からアレン様のことは聞いています。王立騎士団から護衛官に引き抜かれるだなんて……すごい素敵です！」

ここまで一息で言い切った。

まるで憧れの英雄に会ったかのような反応で、その初々《ういうい》しさがアレンにはとても可愛《かわい》らしく思える。喧嘩を仲裁していた様子は大人びていたが、実際は王女様付きの護衛官にときめいてしまう年頃の女の子なのだろう。もちろん、アレンとしても好意的に見てもらえるのは悪い気がしない。

「俺の方こそ感心しました。喧嘩の理由を聞き出し、仲直りさせるまでの手際《てぎわ》は本当に見事でした。あなたほどの若さでなかなかできることではありません。そのことをどうしても伝えたくて、こうして声を掛けさせていただきました」

「あっ、いやっ、そんな……えへへ」

知的で大人びた印象もどこへやら。

エルフの少女、レベッカはゆるゆるの笑顔になっていた。その有様はもう『今なら何を頼んでも断らなさそうなレベル』であり、これだけ喜んでもらえるなら声を掛けてみた甲斐《かい》があったというものだ。

「レベッカさんにご挨拶《あいさつ》できて光栄です」

「そ、そんな、さん付けなんてしなくていいです！　敬語も使わなくてオッケーです！　私、エルフィリアお姉様のご厚意で住まわせてもらっているだけで、客人というわけでもありませんし、アレン様よりも全然年下ですし！」

「そうですか?」

アレンは一度考えてみる。

もしかしたら、十四歳のレベッカにとっては、年上の男に敬語で話される方が堅苦しく思えるのかもしれない。王女宮で暮らす人たちと距離を置きたいわけでもないし、ここは彼女の提案に乗るのが賢明だろう。

「それなら、これからはレベッカと呼ばせてもらうよ」

「は、はいっ！　これからよろしくお願いします、アレン様！」

王立騎士団から引き抜かれた護衛官という肩書きは、どうやらアレン自身が思っている以上に魅力的なものらしい。それで敬遠されるならともかく、好意的に受け止めてもらえるなら、彼としても非常にありがたい。

「それにしても驚いたよ。東部出身の子をかばったものだから」

ヴァージニア王国に住んでいる国民の一割は人間以外の人種である。

その中でもエルフはとりわけ美しく、魔力に優れていることで知られている。けれども、それだけ気位が高く、エルフ以外の種族や、地方出身の人間を見下すことも多い。

そんな一方、田舎者《いなかもの》扱いされているのが東部出身の人間たちである。王国の首都がある大陸西部から離れており、独自の文化を持っているため、偏見を持たれることも多々ある。

王立騎士団にもエルフの団員はいたが、付き合いづらいというのがアレンの印象だった。けれども、レベッカからはありがちなプライドの高さを感じない。

「そう！　そうなんですよ！」

よくぞ言ってくれたと言わんばかりにレベッカが食いついてくる。

「東部を田舎だなんて、とんでもないです！　そりゃあ、ここに比べたら田舎かもしれないですけど、すっごくいいところなんですよ！　食べ物は美味《おい》しいですし、温泉もありますし、夏はお祭りなんかもあって……あっ」

そこまで語ったところで、彼女は我に返ったらしい。

レベッカが両手をパタパタと顔の前で振り始める。

「あ、その、私ですね……いわゆる東部マニアと言いますか……」

「いいんじゃないか？　好きなものについて語れるのはいいことだ」

彼女のような年頃の子供は、不思議と自分の好きなものについて語ることを極端に恥ずかしがったりする。アレンにも意味もなく斜《しゃ》に構えた覚えがあり、自分のことのように恥ずかしい気持ちもあれば、それでいて微笑《ほほえ》ましい気持ちもあった。

（まあ、それにしたって十代前半で東部マニアってのは珍しいが……）

もしかしたら、レベッカはエルフではなく人間と暮らしていたのかもしれない。それとも、東部出身の人間から親切にしてもらったことがあるとか？

詮索《せんさく》するのはよくないなとアレンが思っていると、

「そうそう！　私、これでも王女宮の結界魔法を担当しているんです！」

レベッカの方から話題を変えてくれた。

「それも、エルフィリアお姉様の部屋に結界を張ってるんですよ？」

「おぉ、それはすごいじゃないか！」

魔法に疎《うと》いアレンでも、それがどれほど技術的に難しいかは分かる。

魔法使いたちによると、単純な自然現象に近い魔法ほど、習得するのは容易であるらしい。火や雷を発生させたり、人体の身体能力や治癒《ちゆ》能力を高めたりなどがそれにあたる。

一方、目に見えない魔力で常に一定箇所《かしょ》を守り続ける……すなわち結界魔法は、魔力が強いからといって簡単に習得できるものではない。結界魔法が使えるということは、それだけレベッカが非凡な才能の持ち主であることを示していた。

そして、エルフィリアの自室を守らせてもらえることがどれほど名誉なことか……それは高級尋問官であり護衛官であるアレンにはよく分かる。

レベッカが得意げに語り出す。

「私の結界魔法が張ってある限り、お姉様の部屋をのぞき見することも、盗み聞きすることもできません！　攻撃魔法も完璧《かんぺき》にはじきますし、結界魔法に細工《さいく》をできるのは私だけ。この結界魔法のおかげで、私は王女宮に招かれたというわけです」

「ふむ……」

アレンは数日前、エルフィリアの自室に呼び出されたときのことを思い出す。

彼女の自室にはバルコニーがあり、風通しは抜群《ばつぐん》だったが、あまりにも無防備すぎやしないかと心配ではあった。しかし、実際はレベッカの結界魔法で守られていて、アレンがエルフィリアの尻を叩いて泣かせても、外部には分からないようになっていたのだ。

「ありがとう、レベッカ」

「は、はいっ⁉　どうして、私が感謝されるんです⁉」

「エルフィリア様が自由に振る舞えるのは、きみの結界魔法が部屋を守ってくれているおかげだ。彼女を敬愛する国民の一人として、きみの働きに感謝の気持ちを伝えたかった。本当にありがとう、レベッカ」

「そ、そんなに嬉しいことを言われるとっ……」

モジモジと内股《うちまた》になっているレベッカ。

彼女の顔は真っ赤になっており、たまらなさそうに体をくねらせている。

(どんな風に自由になったかは絶対に教えられないな……)

「あ、あのっ……私、男の人からこんなにほめられたことなくて、その、そろそろ限界なので自分の部屋に戻ってもいいですか？」

「あぁ、引き留めてしまってすまなかった」

「そ、そんなっ！　また、アレン様の好きなときに引き留めてくださいっ！」

失礼しますと一礼して、レベッカが一目散に駆け出す。

廊下で誰かとぶつからないかと心配になるくらいの全力疾走だ。

それにしてもレベッカには驚かされた。

王女宮なら宮廷魔法使いの一人くらい雇っているとは思っていたが、それがまさか十四歳の少女で、エルフの人格者だったとは……。エルフィリアを守る仲間として、これからよりいっそう仲良くしていきたいところだ。

(さてと、俺は王女宮探検に戻るかな)

アレンが再び歩き出そうとしたときである。

遠くの方からメイドたちの騒ぐ声が聞こえてきた。

一瞬体が反応しそうになったが、先ほどの喧嘩を思い出してとどまった。

メイド同士で喧嘩をしているのか、足下をネズミが走り抜けていったか、あるいはかしましくおしゃべりしているだけなのか……この程度の騒ぎで大慌てしていたら、女性だらけの王女宮では生活していけない気がする。

今度はどこを見て回ろうか？

アレンが考えながら歩いていると、

「ん？」

廊下を一人のメイドが軽やかな足取りでやってきた。

大きなメイドキャップをかぶっている十七歳くらいの少女で、パッチリとしたエメラルド色の目が印象的である。

そうして、すれ違おうとする瞬間、

「きみが捕まっていた女刺客だな？」

アレンはおもむろにメイドの腕をつかんだ。

「えっ⁉　にゃっ……ふにゃっ⁉」

目を白黒させるメイド改め女刺客。

上手に変装したつもりのようだが、アレンの持っている第二の能力『嘘を見抜く力』を騙《だま》すことはできない。

捕まっていた刺客の人相について知らされていなくとも、彼女こそ刺客だと確信できるレベルの不自然さが、メイドに化けた女刺客からは感じられた。

「ど、どうしてバレちゃったの⁉」

「歩き方だ」

「あ、歩き方？」

「きみの歩き方はメイドの歩き方じゃない。足音を響かせないように、いつでも走り出せるように……なんてことを考えながら歩いているメイドはいないだろう？」

「ぐぬぬっ……」

悔《くや》しそうに歯ぎしりする女刺客。

かと思ったら、彼女はニヤリと不敵に微笑んだ。

「まあ、バレちゃったならしょうがないかな」

瞬間、女刺客が高らかに跳躍する。

彼女はつかまれていた腕を引き抜き、一瞬でメイド服を脱ぎ捨てていた。

空中でくるりと宙返りして、かぶっていたメイドキャップが外れる。その下から露わになったのは、猫系獣人《キトゥン》の証《あかし》である猫耳だった。メイド服を脱ぎ捨てたことにより、しなやかな尻尾《しっぽ》も一緒に姿を現していた。

猫系獣人の女刺客がぺろっと舌を出して挑発する。

「それじゃあね、死神さん♪」

「アレン様、そちらに刺客が――」

そのときだった。

女刺客が着地しようとしていたところにクローネが飛び出してきた。

アレンはとっさに叫ぶ。

「クローネさん、そのまま受け止めて！」

「か、かしこまりましたっ！」

宙返りして廊下に着地する女刺客。

クローネはベストのタイミングで、彼女を背後から羽交《はが》い締《じ》めにした。

「んにゃっ⁉　な、なにすんの、この暴力メイド⁉」

「あなたが暴れるからですっ！　諦めて大人しくしなさいっ！」

けれども、そのまま大人しくしてくれる女刺客ではなく、最後は床に倒して組み伏せたあげく、クローネが両腕を背中で縛り上げることになった。

「いたたたっ！　縄が食い込んでる！」

「これくらいしないと、また逃げ出すでしょ！」

「ふーん、またあとで逃げ出してやるもんね」

「絶対に逃がしません！　今度こそ尋問にかけてやります！」

大立ち回りで息を荒くしているクローネ。

アレンは彼女の肩をぽんと軽く叩いた。

「お手柄ですね、クローネさん。今度は無傷で捕まえられたじゃないですか」

「アレン様⁉」

クローネがハッと我に返り、途端に顔がカァーッと紅潮し始める。

「す、すみません。お見苦しいところを見せてしまって！　それに無傷で捕まえることができたのは、ほとんどアレン様のおかげですし……」

「後遺症のある俺の足では、身軽な刺客を捕まえることは不可能でした。クローネさんが駆けつけてくれたからこそです」

「そ、それなら、その……ありがとうございます」

目を潤ませるほど喜んでくれているクローネ。

失態を返上することができて、よほど嬉しいのだろうと分かる。

それから、すっきりとした笑顔で彼女が言った。

「これからはクローネとお呼びください。お気遣いは無用です」

「きみがそう言うなら、クローネと呼ばせてもらうよ」

これは同僚として実力を認められ、距離が縮まったということだろうか？

「アレン様、改めてありがとうございました」

「俺の方はアレン様なんだな……」

「アレン様はエルフィリア様が招かれたお方ですから！」

本当に距離が縮まったのか、そうでもないのか。

アレンが困惑していると、

「おーい！　いちゃいちゃしてないで、どこか連れてくなりしてってば！」

縛られている女刺客が、うんざりとした様子で嘆《なげ》いた。


尋問を始めることになったのは日が沈んだあと、エルフィリアが王宮での会議を終えてからのことだった。

尋問室は隠し階段を降りた先の地下にある。施錠《せじょう》された鉄格子《てつごうし》を抜けると、そこには石材が剝《む》き出《だ》しの大部屋が広がっている。窓もなければ、壁紙や絨毯《じゅうたん》もないので、酒蔵にでも使えそうな広さの割に圧迫感があった。

広々としているので殺風景《さつぷうけい》に感じるが、尋問室には様々な設備が備わっている。照明は魔力鉱石《こうせき》が使われているため十分に明るく、尋問対象を治療するためのベッドや、なにかにつけて必要になる水道まで完備されていた。

壁一面に並んだ戸棚《とだな》には、まがまがしい尋問道具や、古今東西から集められた不思議な薬品が揃《そろ》っている。アレンはこれっぽっちも使う気がないが、尋問対象を怖がらせるための小道具としては有効だろう。

「それにしても、エルフィリア様に助手をしていただけるとは思いませんでした」

「ここでは『様』なんていらないわ。あなたの助手として使ってちょうだい」

アレンの隣には雇い主のエルフィリアが控えている。

今日は純白のドレスではなく、シースルーのベビードールを身につけていた。柔らかそうな肌から、臀部《でんぶ》にキュッと食い込むレースのパンティーまで、薄手の布地越しに透けて見えてしまっている。あまりにセクシーすぎる出で立《いた》ちではあるが、これは彼女なりに動きやすく、汚れてもいい服装を選んできたのだろう。

「尋問対象が何者であろうと関係ないのと同じことよ」

エルフィリアが付け加える。

今回の尋問対象である猫系獣人の女刺客は、尋問室の中央で先ほどから立たされている。

両手には手かせがはめられており、天井から下ろされた鎖で引っ張られていた。

「この子の名前はマリー。十七歳の猫系獣人で、泥棒ギルドに所属しているそうよ。事前の尋問で聞き出せたのはそれだけね」

「どのような手でエルフィリア様を……エルフィリアを失脚させようと？」

「お父様からいただいた印璽《いんじ》を盗み出そうとしたのよ」

国王からの頂き物をなくしたとなれば、エルフィリアの王女としての品格に傷がつくのは間違いない。それだけで王位継承権を失ったりはしないだろうが、ライバルである異母姉妹たちのつけいる口実にはなるだろう。

ここはぜひとも女刺客の口から、依頼主が誰であるかを聞き出したいところだ。

そう簡単に正体が割れるとは思わないが、今は些細《ささい》な手がかりでもほしい。

アレンはじっくりと女刺客、マリーの体を観察する。

マリーが身につけているのは、着古されたタンクトップとショーツのみだ。スレンダーな体型をしており、まさしくしなやかな猫を彷彿《ほうふつ》とさせる。全体的にほっそりとした印象ながら、太ももは意外とむっちりしており、あの大ジャンプをしたのもうなずける。

「大きな怪我《けが》は……やはり見当たらないな。やはり尋問を避けるための演技だったか」

「じ、じろじろ見ないでよ、変態騎士！」

マリーがお尻を振って、体毛に覆《おお》われた尻尾を振り回す。

尻尾はアレンの体に当たったが、残念ながら少しくすぐったいだけだった。

「心配するな。俺はこれでもプロだ」

「プロ？」

「尋問対象が女性だからといって、興奮するようなことはない。きみを尋問するのは情報を得たいためであり、俺の欲望を満たすためでないことは断言する」

「そ、そうなんだ……興奮、しないんだ……」

なぜだか複雑そうな顔をするマリー。

猫耳と尻尾がしんなりと垂れてしまっている。

「そ、それはそうと、あんたがまさか『死神の目を持つもの』だったなんてね！」

「俺の二つ名を知ってるのか？」

「泥棒たちの間でも有名だよ。だまし討《う》ちが通用しないってね」

マリーがキッと八重歯《やえば》を剝き出しにする。

「でも、私は尋問なんかには屈しないよ！　泥棒猫には泥棒猫のプライドがあるんだ！　耳でも尻尾でも切り落としてみるがいいさ。痛いことには慣れてるんだ！　ほら、さっさと尋問を始めなよ！」

彼女の言葉は徹底して強気だ。猫耳や尻尾に生えている体毛どころか、ケアの一つもしていなさそうなボサボサの茶髪まで逆立っている。しかし、全身がすでに汗ぐっしょりで、タンクトップとショーツには汗染みができてしまっていた。

この子は強がっている。しかし、意地もあるだろうから、猫耳や尻尾を切り落としたところで白状しないだろう。そもそも、ただ単に痛めつけられても人は強情になるだけだ。尋問するときはある種の愛がなければいけない、とアレンは思っている。

（それにしても、こんな少女の口から物騒な言葉が出たものだな）

泥棒ギルドの存在はアレンも知っている。

王国中につながりを持つ犯罪者組織で、ほとんどのメンバーは貧困層の国民だ。その中でもさらに少数派の獣人ともなれば、どれほど肩身が狭く、理不尽な思いをしてきたかは容易に想像できる。

そんなマリーの弱点であるが、それは尋問室に連れてくる段階で分かっていた。

猫耳と尻尾、その二つから弱点の気配を感じる。

それらは獣人にとって重要なセンサーだ。人間よりも優れた感覚、そしてバランス能力の要《かなめ》であり、かなり敏感なのは間違いない。

しかし、問題なのはどうやって責めるかである。たっぷりの脂肪《しぼう》で守られている尻とは違って、猫耳や尻尾を叩いて痛めつけるわけにはいかない。

「……ん？」

そのとき、マリーの視線が思わぬところに向いていることに気づいた。

彼女は横目でちらりと、それでいてじっくりと、エルフィリアを見ていたのである。

「あら、どうしたのかしら？」

エルフィリアが視線に気づいて小首をかしげる。

品のよい形の乳房がシースルーのベビードール越しにぷるんと揺れた。

「私のことをじっと見ていたようだけど……」

「そ、そんなんじゃないって！」

マリーが恥ずかしがって赤面する。

エルフィリアから顔を背けていても、しかし目だけは彼女をしっかり見ていた。

「私が見てたのは王女様の着てる下着の方だよ！」

「下着？」

「これ見よがしに高そうで可愛《かわい》い下着なんか着ちゃってさ！」

(高そうはともかく可愛い？)

男のアレンからしてみるとこれは盲点だった。

エルフィリアの着ている下着は『美しい』『なまめかしい』という感想こそ出ても、まるで小動物や花を愛《め》でるかのような『可愛い』という感想は一つも浮かばなかった。そこは女性ならではの感性なのだろう。

「それに王女様は『助手として使ってちょうだい』なんて言ってたけど、私からしてみたら甘いね！　そんな可愛い下着も着てるし、お化粧《けしょう》だってばっちりしてるし、そんなんでモノ扱いされようなんて舐《な》めてるよ！」

マリーが悔《くや》しげに目を伏せる。

「私は貧民街で生まれて、ろくな人生を歩んできてないから分かるんだ。今だって、こんな汗まみれでボロボロの下着一枚で吊されてる。もちろん、化粧どころかリボン一つ身につけたことだってないんだ」

「そう、なのね……」

胸を痛めた様子のエルフィリア。

彼女はそれから何を思ったのか、

「……確かに私の覚悟が甘かったわ」

ためらい一つ見せずにシースルーのベビードールを脱ぎ捨ててしまった。

エルフィリアの小柄さからは想像できないほど、大きくかつ品のある乳房が露わになる。

彼女の尻が満月なら、彼女の乳房はミルク色のたわわな果実だ。丸みを帯びた輪郭《りんかく》はいかにも柔らかそうで、それでいてピンク色の先端はツンと上向きに自己主張している。それは見るものたちに向かって、むしゃぶりついてごらんと挑発しているかのようだった。

そして、エルフィリアの行動はそれだけにとどまらない。

彼女はレース生地のパンティーに手を掛けると、それまでするりと脱いでしまったのだ。

マリーは驚きのあまりにのけぞっている。

「王女様、なにしちゃってんのさ⁉」

「あなたの教えてくれたとおり、何者でもないモノになろうと思ったまでよ」

生まれた姿をさらけ出しながらも、エルフィリアは決して恥ずかしがらず、むしろ見せつけるようにしている。その堂々たる様子は、さながら宗教画に描かれる女神のごとしだ。

けれども、全身はしっとりと汗ばみ、香水と入り交じって甘くにおい立っている。体つきは簡単に手折《たお》れそうなほど華奢《きゃしゃ》なのに、胸と尻は大きく……そして実に柔らかそうで、ただそこに立っているだけでいやらしいという有様だ。

「あぁもう、さっさと下着を着てよ！　見てられないから！」

「そう言ってもらえると私も助かるわ」

エルフィリアが脱ぎ捨てた下着を再び身につける。

それを見たマリーが大きなため息をついた。

（……よし、見えた）

ここまで静観していたアレンだったが、

「ありがとう、エルフィリア」

ここでついに一つの答えに辿《たど》り着いた。

「きゃっ……いきなり、どうしたのっ⁉」

声を掛けられたエルフィリアがびくんと背筋を震わせる。

こちらに振り返った彼女は、それはもう嬉しそうにとろけ顔になっていた。

うきうきと体を弾ませており、それに伴《ともな》って大きな胸と尻が上下している。

「エルフィリアのおかげで打開策が見えた」

「わ、私のおかげ？　もしかして、裸になったからかしら？」

それはあるような、ないような……。

わざわざがっかりさせる必要もないので、アレンはあえて黙っておくことにする。

「それから、エルフィリアに頼み事が一つある」

「はっ、はいっ♥　なんでも聞くわっ♥」

マリーの反応を見たあとだったので、もしもエルフィリアが犬系獣人《ウルフィ》だったりしたら、きっと尻尾を振りまくっているのだろうなと想像できた。

アレンは前屈みになり、背伸びする彼女にそっと耳打ちする。

「分かったわ。すぐ取ってくるわね！」

聞いた途端、エルフィリアは尋問室から出て行ってしまう。

（まさか、一国の王女をお使いに出すことになるとは……それも裸同然の格好だしな）

外部の者に知られたら、ただで済むとは思えない。

けれども、そのリスクはエルフィリアも同じだろう。高級尋問官は秘密裏の仕事であり、それが明るみに出たら最後、彼女は責任の追及を免れない。

「持ってきたわ！」

エルフィリアが小箱を抱えて尋問室に戻ってくる。

アレンは中身を確認して、ようやくマリーに告げた。

「これから尋問を始める」

「くっ……」

奥歯に力を込めるマリー。

アレンは小箱から小さなガラス瓶《びん》を取り出す。

「マリー、最初に言っておく。これから行われる尋問は、歯を食いしばって耐えられるたぐいのものではない」

「ど、どういうこと⁉」

ガラス瓶に入っているのはエルフィリアが調合した薬液だ。

アレンは乳白色《にゅうはくしょく》のとろみがある薬液を両手にたっぷりと垂らす。

「そ、そんなので何するつもり？」

「これは……こうするんだ！」

そして、及び腰になっているマリーの猫耳をおもむろにつかんだ。

「んにゃぁっ♥」

瞬間、マリーの背筋が反り返り、お尻から生えている尻尾がピンと跳ねた。

かと思うと脱力して、尻尾も含めて全身がくたっとしてしまう。

「エルフィリア、支えてやれ」

「は、はいっ！」

慌てた様子でマリーの背後に回るエルフィリア。

マリーは両手を鎖で吊されているため、完全に脱力すると両腕を痛めかねない。

エルフィリアに体を支えさせると、マリーは「にゃぁーっ♥」と熱い息を吐いた。

「おみみ、触っちゃダメだよっ……そんなのずるいっ！」

「弱点を責めるのが尋問だ。情報を吐く気になったか？」

「な、ならないっ……私にだって、泥棒のプライドが……にゃぁっ♥」

アレンは容赦《ようしゃ》なくマリーの猫耳を揉《も》みしだく。

とろっとした薬液にまみれた猫耳は、しっとりとぬめって触り心地がよい。

ちょうど実家で飼っていた大型犬を洗ってやったときと感触が似ている。

（丁寧《ていねい》にやらないと、意外と洗い残しがあるんだよな……）

アレンは両手に薬液を追加すると、体毛の生えそろっている外側だけでなく、産毛《うぶげ》しか生えてない猫耳の内側にも薬液を塗り込む。

「あっ♥　あっ♥　そんなとこに指入れちゃダメだよっ♥」

「外よりも中の方が弱いのか？」

「わ、分かんないっ……こんなとこ、ヒトに触られたの初めてだから……あっ♥」

マリーは的確に弱点を責められて、すでに腰砕け状態になっているが、彼女には座って休むことすら許されない。歯を食いしばって耐えようにも、くすぐったさというものは軽減されるものではないのだ。

サウナにでも入っているかのように全身が汗ばみ、マリーの身につけている粗末なタンクトップとショーツは、すっかり汗を吸い尽くしていた。そのため、小ぶりながらも生意気そうなバストとヒップにぴっちりと布地が貼り付いてしまっている。

「あなた、なかなか可愛い声を出すのね」

背後から体を支えつつ、エルフィリアが素朴《そぼく》な感想を述べる。

すると、マリーが大きな声で反発した。

「か、可愛くなんか、ないよっ！」

「そうかしら？」

「泥棒ギルドでも、野良猫だとか、泥棒猫だとかしか言われないし……」

「あなたは根が真面目《まじめ》そうだし、よいメイドになれると思うのだけど？」

「そんな言葉で惑わそうったって……んにゃあっ♥」

マリーが稲妻《いなずま》で撃たれたかのごとくピンッとつま先立ちになる。

金色の猫目は涙で潤み、半開きの口からはよだれが垂れてしまっていた。

アレンはすぐにマリーの猫耳から手を離す。

「や、やっと休憩？」

「馬鹿を言うな。これからが本番だ」

それから、薬液の入っている小瓶を三度手に取った。

「エルフィリア、きみが耳を責めろ」

「わ、分かりましたっ！」

アレンはエルフィリアの両手を薬液で湿らせてやる。

そして、自分の右手にもたっぷりと薬液を垂らし、空いている左手でマリーの体をしっかりと支えた。

「ま、まさか……」

マリーの顔が何かを察してこわばる。

エルフィリアに猫耳を揉みしだかされると同時に、アレンはマリーのしなやかな尻尾を薬液たっぷりの右手で激しくしごいた。

「やっ、あっ……にゃっ♥　あぁあああんっ♥♥」

薬液のたっぷり染み込んだ尻尾は、しごくたびにじゅぷっじゅぷっと粘り気のある水音を立てている。

マリーが強く反応するのは、毛の流れに逆らい、尻尾の付け根に向かって手を動かしているときだ。そうするたび、彼女は得《え》も言われぬ甘い声を漏《も》らしている。本人は耐えているようなつもりでも、金色の瞳は明らかな快楽の色に染まっていた。

「こんな、ことっ……された、らっ♥　私、おかしくなっちゃうっ♥」

「それが嫌なら、さっさと白状することだ」

「にゃっ♥　にゃっ♥　でもぉっ♥」

猫耳と尻尾、二重の責めによってマリーの心は屈服しつつある。それでも白状しないのは、これまで積み重ねてきた泥棒としての人生……そこから生まれたプライドを壊したくないがための意地なのだろう。

アレンの左腕にはマリーの体重の大半がのしかかってきている。彼女はもうほとんど一人では立っていられない状態に追い込まれていた。このまま気絶させるところまで追い込むのも容易なのだろうが……。

「エルフィリア、また支えを頼む」

「はいっ、任せてくださいっ！」

エルフィリアにマリーの体を任せ、アレンは薬液にまみれた手を綺麗《きれい》に拭《ぬぐ》う。

それから、再び頼みの小箱を手に取った。

(これで仕上げだ)

「にゃ、にゃにをするつもりなの⁉」

最後の力を振り絞《しぼ》って、マリーが体をゆさゆさと揺らす。けれども、そんなことで逃れられるはずもなく、エルフィリアに横から抱きつかれてしまっていて、両手を拘束《こうそく》する鎖がガシャガシャと音を立てるだけだった。

アレンはマリーの背後に回る。

マリーは体をよじり、アレンの方を見ようとしたが、流石《さすが》にそれも限界があった。

「ま、まさか、本当に尻尾を切り落として……や、やめてっ!!　やめてよぉ!!」

「気絶してくれるなよ。ここが肝心《かんじん》なんだからな」

アレンの行った尋問の仕上げ。

それは『マリーの尻尾にリボンを結ぶこと』だった。

まずは赤色のリボンをちょうちょ結びにしてきつめに締める。

「んにゃにゃっ♥」

赤色のリボンを結んだ瞬間、マリーのスレンダーな体が大きく波打った。

大粒の汗が石材剝《む》き出《だ》しの床に飛び散る。

薬液で濡れた二つの猫耳が、痙攣《けいれん》したようにぴくぴくと動いていた。

「にゃ、にゃにしたのっ⁉　尻尾、どうしちゃったのっ⁉」

マリーの体の震えが止まらない。尻尾を責めたがためか、特に下半身は別の生き物のようにぴくぴくしている。お尻が緊張と弛緩《しかん》を繰り返す様子は、尻尾から立ち上ってくる快楽を貪欲《どんよく》に味わっているかのようだった。

「にゃっ♥　尻尾からっ♥　んにゃっ♥　いっぱい来るっ♥」

手でしごくのとは違って、リボンは結ばれている限り甘い快感を与え続ける。

強弱のない刺激は究極の焦らし効果を生むのだった。

アレンは次々とマリーの尻尾にリボンを結んでいく。

「やっ、やめっ♥　私、お馬鹿になっちゃう……んにゃんっ♥」

マリーはたまらなさそうに、そして物欲しそうにお尻を振り続ける。

相当の体力を消耗《しょうもう》しているのだろう。まるで風呂上がりのように全身が火照《ほて》っていた。

ハーブのような薬液の香りと、爽《さわ》やかな汗の香りが尋問室に充満している。

(……そろそろ頃合いだな)

アレンはリボン責めの手を止めた。

「マリー、自分の体を見てみろ」

「にゃにゃっ⁉」

尋問室の壁には大きな姿見が飾られている。

そこに映っているのは、赤色、黄色、ピンク色、水色、オレンジ色……色とりどりのリボンで尻尾を飾られたマリーの姿だった。

「わ、わ、私の尻尾がリボンで可愛《かわい》く……」

その反応から、アレンは読みが的中したのを確信する。

エルフィリアの可愛い下着をうらやましがったのに始まり、おしゃれや化粧《けしょう》をしたことのない不幸語りを聞かされたら、マリーがそういうことに憧れていることは分かった。あとは邪魔になっている強がりを取り払うだけだ。

「マリー、きみのプライドは本当に大切なものなのか？」

「にゃ、にゃにを言ってるの⁉」

「きみは確かに厳しい人生を歩んで来たろう。これまで精一杯に生きてきた自分自身にプライドを持つことも分かる。しかし、おしゃれをしたり化粧をしたり、そんな女の子らしい人生を歩めるとしたらどうする？」

「そ、そっちがいい……」

「それなら答えは簡単だ。全《すべ》てを白状し、泥棒から足を洗え。エルフィリアの元でメイドとして暮らすんだ。きみの身の安全はこの王女宮が……そして、俺が必ず守る。女の子らしい楽しい人生、歩んでみたくはないか？」

「あっ、あっ、あっ……」

これまで強《し》いられてきた理不尽な苦労、それによって生まれたいびつなプライド……マリーの人生を支えてきたものが音を立てて崩れ落ちる。それらは大粒の涙となって、彼女の目からぽろぽろとこぼれ落ちるのだった。

「話す、よ……全部、話すからぁ……」

マリーの言葉に嘘はない。

アレンの『嘘を見抜く能力』が、彼女の気持ちに偽りなしと感じ取っていた。

「よく頑張ったな、マリー」

アレンはすぐさま、マリーの両手を拘束している手かせを外してやる。

ぐったりとした彼女の体を抱きかかえ、そのまま治療用のベッドに運んでやった。すらりとした体つきだけあり、マリーの体は羽根のように軽い。

「ありがとう、きみの決断に感謝する」

「んにゃ……すごい、疲れちゃったよ……」

マリーは治療用のベッドに寝かされると、たくさんのリボンで飾られた尻尾を愛《いと》おしそうに抱きしめた。緊張が解けた途端に疲労が襲ってきたのだろう。今にも眠ってしまいそうにとろんとした目をしている。都合のいい解釈かもしれないが、アレンにはそんな彼女の顔が、憑《つ》き物が落ちたように幸せそうに見えていた。

「私も、王女様みたいに、おしゃれに……」

マリーが目を閉じて、静かな寝息を立て始める。

エルフィリアが柔らかいタオルで、薬液で濡れた彼女の体を拭き、汗まみれになった下着を着替えさせてやる。

肩まで毛布を掛けてやると、マリーの寝顔はよりいっそう穏やかだった。

「お手柄ね、アレン」

「ありがとうございます。初仕事が無事に終わってホッとしています」

アレンはようやく自分の体もかなりの熱を持っていることに気づいた。

「私には嘘を見抜く能力なんてないけど、この子の寝顔を見ていたら分かるわ。この子は必ず真実を話してくれる。心も体も傷つけず、本当に完璧《かんぺき》な仕事をしてくれたわね。アレン、ご褒《ほう》美《び》は何がいいかしら？」

艶《つや》っぽい視線を向けてくるエルフィリア。

アレンはまじまじと彼女のなまめかしい下着姿を見てしまう。

小箱を取りに行くために走らされ、暴れるマリーの体を支え続けたものだから、エルフィリアの身につけている下着は汗に濡れて透けてしまっている。薄布越しに上気した肌の色が見えるのは、なまじ微《かす》かに隠されているせいで、裸のときよりも想像力をかき立てられた。

「ご褒美だなんて、そんな……俺は仕事をこなしただけで……」

「完璧な仕事をした追加報酬《ほうしゅう》よ。欲しいもの、考えておいてね？」

「わ、分かりました……」

なるべく無難なものにしておこう。

彼女のからかいに乗ってしまうと、取り返しのつかないことになりかねない。

「それにしても耳をマッサージされると、そんなに気持ちいいものなのかしら？　あんなに悶《もだ》えてたんだもの。きっと気持ちいいのよね、きっとね」

エルフィリアが銀髪をかきあげると、いつもは隠れている耳とうなじが露わになる。

ほっそりとした首筋に軽く跳ねている後れ毛がそこはかとない色気を感じさせた。

「あのね、アレン。もしよかったら、私の耳にも――」

「尋問も終わりましたし、俺たちも休みましょう」

「しゅん……」

このようにして最初の尋問は成功に終わった。

心も体も傷つけず、情報を吐かせる。

高級尋問官の名に恥じない仕事ができたろうと、アレンの中には自信が芽生《めば》えていた。

×

後日、マリーの体力が回復してから聞き取り調査が行われた。

結局のところ、泥棒ギルドに舞い込んできた『危険だけど報酬はがっぽりな仕事』に飛びついただけで、彼女は仕事の依頼主……つまりは黒幕の正体も、自分が後継者争いに利用されていることも一切知らなかった。

それから泥棒ギルドにも調査の手が入ったが、黒幕はおろか依頼の仲介《ちゆうかい》をした人間も見つからず、今のところは第二の刺客《しかく》が送り込まれないことを祈るしかない。

そうして、ある昼下がりのことである。

アレンとマリーはエルフィリアの自室に呼び出されていた。

「ふふーん、可愛い格好だね♥　私、気に入っちゃった♥」

マリーは約束通りにメイドとして働くことになった。

エルフィリアから直々にメイド服を支給され、こうして早速試着したのである。

実際のところ、アレンから見てもマリーによく似合っていた。

「フリフリしてるし、サラサラで着心地がいいし、綺麗でいいにおいもするし！」

嬉しさのあまりにぴょんぴょんと飛び跳ねるマリー。

彼女の尻尾《しっぽ》の先端には、赤色のリボンが結ばれていた。

どうやら気に入ってしまったらしく、あれから毎日リボンでおしゃれをしている。

（尋問した相手に新しい人生を与える……そんなこと、今までは思いもしなかったな）

「気に入ってもらえたようで何よりだわ」

エルフィリアがティーテーブルで満足そうにうなずいている。

彼女はクローネの入れてくれた紅茶を優雅に楽しんでいた。

「これからしばらくは王女宮の中で働いてちょうだい」

「はーい！　大人しくしてまーす！」

ぴょんぴょんと飛び跳ねながら返事をするマリー。

そんな彼女を見ながら、ため息をついているのがクローネだった。

「不安だわ。こんな子がメイドになるだなんて……」

「あんたみたいな暴力メイドは、私だって願い下げだよ！」

睨《にら》み合っているクローネとマリー。

二人の仲はこれからの課題だろう。

「マリー、あなたのことはみっちりと教育するから覚悟しなさい」

「教育できるものならしてみれば？　貧民街育ち、舐《な》めないでよね」

そんな二人の口喧嘩《くちげんか》をアレンは静かに見守る。

(女性の口喧嘩なんて仲裁したことないしな……これからが若干《じゃっかん》心配だ)

そんなことを考えていたら、

「アレン様ぁ♥　あの暴力メイドがにらみつけてくるんですぅ♥」

マリーが猫撫《ねこな》で声でアレンに抱きついてきた。

洗い立てのメイド服から、ふわりと石鹸《せっけん》のにおいが香ってくる。ボサボサだった茶髪を梳《と》かし、綺麗なメイド服に着替えたマリーは、女の子らしい可愛さにあふれていた。アレンを見上げる目は切なそうで、寂しくて飼い主にすり寄ってくる飼い猫そのものだった。

「ま、待て！　俺を巻き込まないでくれ！」

「何をしてるんですか、あなたは！　アレン様から離れなさい！」

さらにはクローネまでがアレンに迫ってくる。

普段は落ち着きある褐色《かっしょく》メイドが、まるで子供のように頬《ほお》を膨《ふく》らませていた。

彼女のこんな表情、アレンは王女宮で暮らし始めてから一度も見たことがない。

マリーがとろんとした顔で、抱きついた腕にほおずりしてくる。

「アレン様は私を目覚めさせてくれた恩人だもん♥　なんでも言うこと聞いちゃうからね♥」

「は、離れなさい！　離れろと言ってるんです、この野良猫メイド！」

「きゃーっ！　この暴力メイド、こわーいっ！」

「ぼ、暴力メイドですって⁉　あなたには早速お仕置きが必要のようね……」

これはもうエルフィリアに取りなしてもらうしかない。

アレンは必死に視線を送るのだが、彼女は紅茶を飲みながら微笑《ほほえ》むだけで、全然助け船を出してくれないのだった。

(もしかして、尋問よりも日常生活の方が大変なんじゃないか？)

女性しかいない王女宮での生活。

その前途多難さをアレンはようやく実感し始めていた。

3 エルフを借りるもの

マリーの尋問をして以降、王女宮の生活は平和そのものだった。

新しい刺客は送り込まれてきていないし、後継者争いも表立っては聞こえてこない。

刺客を送り込んできた黒幕の調査も、高級尋問官であるアレンには専門外だ。

そのため、アレンはのんびりとした毎日を過ごしていた。

剣術の稽古《けいこ》に王女宮の見回り、書庫での読書にエルフィリアとのお茶会……本当に護衛官なのかと疑われそうな暇人《ひまじん》ぶりだ。

巷《ちまた》では『男性護衛官アレン・ブラキッシュ』が噂《うわさ》になっているため、エルフィリアから外出許可を与えられていても、そう易々と出歩くことができない。

その分、王女宮での生活は快適だった。男の存在が気になって仕方がないだろうに、エルフィリアとの約束を守って、使用人たちはむやみにアレンには近づいてこなかった。

（さて、今日はどうしたものか……）

アレンは自室のベッドで目を覚ます。

元々は物置だっただけあり、自室には王女宮らしい華やかさはない。広々としていることを除けば王立騎士団時代とあまり変わらない。それでも、使用人たちの生活スペースから離れているので、ここでは女性の目を気にせず過ごすことができた。

（……ん？　布団の中が妙に暖かい？）

アレンは違和感を覚え、布団の中を覗《のぞ》き込む。

「おはよっ、アレン様♥」

聞こえてくる猫撫で声。

布団の中に潜り込んでいたのは、ヘソ出しキャミソール姿のマリーだった。

黒地のキャミソールはメイド服と一緒に支給してもらったのだろう。ゆったりとした胸元からは、張りのある膨らみが見えていた。彼女はスレンダーでみずみずしい自身の体を惜しげもなくアレンに押しつけてくる。

「なんで、きみが俺のベッドにいるんだ⁉」

「人肌が恋しくなっちゃったんだもん♥　夜中に潜り込んじゃった♥」

マリーの尻尾《しっぽ》がしゅるしゅるとアレンの足に巻き付いてくる。

彼女はふさふさの尻尾を巧みに使って、アレンの太ももを焦らすように撫《な》でてきた。

「マリー、こういうのはよくない」

アレンは起き上がり、マリーの体を押しはがす。

　マリーは残念そうにしょんぼりすると、体に掛かっていた布団を引っ張り上げて、おもむろにくんくんとにおいを嗅《か》ぎ始めた。

　そして、にへらっとだらしない感じの笑顔になる。

「私、アレン様のにおいって好きかも♥　ずっと嗅いでられそう♥」

「なっ……」

　恥ずかしさからアレンの顔が紅潮する。

（男のにおいなんて嗅いで、そんなに嬉しくなるものなのか⁉）

　部屋のドアをドンドンと叩く音が聞こえてくる。

　それに続いて聞こえてきたのは、

「アレン様、マリーがそこにいませんか⁉」

　クローネの明らかに怒っている声だった。

　追い出すのを手伝ってもらおうと思い、アレンは彼女に声を掛ける。

「マリーならここにいる！　引き取ってくれ！」

「分かりました。失礼します！」

　アレンの部屋に入ってくるクローネ。

　瞬間、彼女の頬が赤く染まった。

「な、な、なにをやってるんですか、あなたは――っ⁉」

「なにって……アレン様と一緒に寝てたんだけど？」

その言い方はあまりに説明不足すぎる。

アレンは慌てて補足した。

「朝気づいたら、勝手にベッドに潜り込んでいたんだ！」

「分かっています。分かっていますとも。アレン様のようなお方が、このような駄猫を連れ込むはずがありません。この駄猫が勝手に潜り込んだに決まっています！」

「あ、あぁ……理解してもらえるなら助かる」

それにしても言葉選びがとげとげしすぎる。

クローネとマリーはそりが合わず、顔を合わせれば口喧嘩ばかりしていた。

（まあ、ほとんどはマリーのサボり癖《ぐせ》が原因なんだけどな……）

つかみ合いの大喧嘩にならないだけマシなのだろうか？

二人の間を取り持つ方法がアレンには今も分からない。

「あなたは朝食の準備をサボったあげく、アレン様のベッドに潜り込むだなんて……今日という今日は許しません！　反省室代わりに地下の牢屋《ろうや》にたたき込んでやります！　反省するまで絶対に出しませんからね！」

ベッドのそばまで駆け寄ってくるクローネ。

「ふーん」

怒り心頭のクローネに対して、マリーは随分《ずいぶん》と余裕の表情を浮かべている。

そして、ニヤリと悪戯《いたずら》っぽく笑ったと思うと、

「もしかして、クローネもアレン様と一緒のベッドで寝たかった？」

とんでもないことを聞いてきた。

途端、すでに赤かったクローネの顔が沸騰《ふっとう》したように真っ赤になる。

「な、な、なにを言うんですか、そんな大それたことっ！」

「大それたことだとは思っていても、一緒のベッドで寝たいのは否定しないのね」

「ななな、っ!?」

クローネが恥ずかしそうに瞳を潤ませ、すがるかのようにアレンを見てくる。

そんな目で見られても、彼としては助け船の出しようがない。

（というか、その反応はどういうことなんだ？　まさか、クローネが本気で焼き餅《もち》を焼いているなんてことは……いや、そんな軟派《なんぱ》な考えはやめよう）

「大丈夫、大丈夫」

混乱しているアレンを余所《よそ》に、マリーがベッドから起き上がり、そばに立っているクローネの体にすり寄る。淫靡《いんび》な黒のランジェリーも相まって、彼女は真面目《まじめ》なメイド兼護衛官を堕落《だらく》させようとする小悪魔のようだった。

「私は王女宮のみんなに優しくしてもらってるもん。いつもの恩返しと思って、ここでクロー

ネが何かしちゃっても、絶対に黙っていてあ・げ・る♪」

「う、う、う……」

完全に惑わされてしまって、目がぐるぐるになっているクローネ。

仕事中はクールで真面目な彼女が、こんな簡単に翻弄《ほんろう》されてしまうとは……。

アレンが驚きのあまり見入っていると、

「うわ――――っ‼」

クローネが突然、マリーの脳天にチョップをお見舞いした。

薪割《まきわ》りをするような快打音が部屋いっぱいに響き渡る。

「みぎゃっ⁉」

女の子のものとは思えない悲鳴をあげて、マリーがベッドの上にひっくり返る。

脳天に見事な一撃を食らい、彼女は一発で気絶させられていた。

流石《さすが》はエルフィリア様付きの護衛官だ、とアレンは妙に感心してしまう。

「はーっ……はーっ……」

息を整えるクローネ。

彼女は気絶したマリーを肩に担《かつ》ぎ上げた。

「お見苦しいところを見せてしまいました……」

「いや、あの、マリーを連れて行ってもらえるならいいんだ」

「毎日こんな感じなので、お気になさらないようお願いします」

ぺこりと一礼して、クローネがマリーを担いで部屋を出る。

（毎日こんな感じなのか……）

自分の知らないところで、どんな大喧嘩が起こっているのやら。

アレンは朝っぱらから戦々恐々とするのだった。


エルフィリアからメイド伝手《づて》に呼び出されたのは、いつものように午後のティータイムの時間だった。

（今日はどんな話を聞かせていただけるのだろう？）

開発中の医薬品の話、魔物やならず者に襲われた村の復興事業に関する話、現在の政治体制に対する意見……もちろん、他愛《たわい》のない話もある。

紅茶の好みや巷の流行など、そういった話をしているときのエルフィリアは、王位継承権第二位の王女様ではなく、普通の女の子に戻っているのだった。そんなときの柔らかい笑顔が、普段の凛々《りり》しい彼女とはまた違った可愛《かわい》さがあって……。

（いやいや、俺は何を考えているんだ！）

アレンが一人で動揺《どうよう》していると、

「ん？」

エルフィリアの自室前に小柄な人影を見つけた。

学生服のエルフ少女、レベッカ・ホワイトである。

彼女はドアの前に突っ立って、顔を赤くしてぶるぶると震えていた。

「やあ、レベッカ」

「ひゃいんっ⁉」

声を掛けただけなのに、レベッカの体がびくんと大きく跳ねる。

彼女がこちらに振り返ると、顔の紅潮具合がますますよく分かった。

エルフらしい白くなめらかな肌が、熟れた桃のように赤みを帯びている。怒っているのか、緊張しているのか、恥ずかしがっているのか。そんな状態にあって、エルフ特有の長耳だけは白いままで、アレンにはどことなく不思議に思えた。

「こんなところでどうしたんだ？　部屋に入れてもらえばいいじゃないか」

「い、いえっ！　用事があるわけではないんですっ！」

「そうなのか？」

王女様の前で顔を真っ赤にしている少女が、本当に用事がないとは思えない。

けれども、アレンにはレベッカが嘘をついているように見えなかった。

（これだとなんだか、尋問してるみたいじゃないか？）

嘘を見抜く能力を自覚してから、普段の会話でも真偽を疑ってしまっている気がする。

「なあ、レベッカ」

アレンは優しく彼女の頭を撫でてやる。

「あっ♥」

嬉しそうな声を漏《も》らすレベッカ。

彼女は微《かす》かに膨《ふく》らんだ胸元に手を当てた。

「な、なんでしょう、アレン様？」

レベッカはちらりとアレンのことを見上げては、うっとりとした視線を向けている。まだまだ幼い印象の彼女ながらも、その瞳には女性らしい甘さの片鱗《へんりん》が見え隠れしており、太めの眉《まゆ》がハの字になっている様は、男の征服欲をそそるような憂《うれ》いがあった。

（俺の方が照れてたら世話ないよな……）

アレンはこほんと咳払《せきばら》いする。

「俺はエルフィリア様の護衛官だが、実際の仕事は王女宮全体の見回りなんだ」

「そうなんですか？」

小首をかしげるレベッカ。

色気の片鱗が引っ込み、子供っぽさが前に出てくる。

興味をそそられている表情は、教師に教えを請う優等生そのものだ。

「王女宮は女性ばかり……同性だけの環境だから、どうしても気が抜けてしまうだろう？」

「それでは、エルフィリアお姉様が私たちの気持ちを引き締めるために……」

レベッカがハッと息を呑《の》み、瞳をキラキラと輝かせる。

敬愛するお姉様の優しさに思いを馳《は》せているのだろう。

（そういえば、同じくらいキラキラした目のやつがいたなぁ……）

アレンは不意に王立騎士団時代のことを思い出す。三つ年下の後輩がいて、それはもう飼い犬のように懐かれた。そういえば半年ほど前、王立騎士団から職場を移ったはずだが……それはともかく、今は目の前のレベッカだ。

「俺としてもエルフィリア様だけではなく、王女宮で暮らしている全ての人たちのために働きたいと思ってる。だから、もしもエルフィリア様に相談しにくいことがあったら、俺に聞かせてくれないか？」

「は、はい……でも……」

明らかなためらいの表情を浮かべるレベッカ。

アレンは大きな心の隔《へだ》たりを感じ取る。

（これでも信用が足らないか？　それとも男の俺には無理な相談とか……）

「すみません、アレン様！」

レベッカが階下に通じる階段を駆け下りていく。

こちらの気持ちを伝えきれず、アレンはもやっとした気持ちになってしまった。

（エルフィリア様にはひとまず黙っておくか……）

しばらく様子を見て、それでも困っていそうなら再び聞いてみよう。

時間によって心境の変化もあるかもしれない。

アレンは本来の目的に戻ることにする。

「エルフィリア様、アレンです！」

「待ってたわ。入ってちょうだい」

部屋のドアをノックすると、すぐにエルフィリアの返事が聞こえてきた。

「失礼します」

アレンが部屋に入ると、ティーテーブルのそばに立っているクローネに目が留まった。

エルフィリアはいつもなら、椅子《いす》に腰掛けて待っているはずなのだが……。

「クローネ、エルフィリア様は？」

「あちらにいらっしゃいます」

クローネがバルコニーを指し示す。

風にでも当たっているのだろうか？

アレンがバルコニーを覗《のぞ》き込んでみると、

「いらっしゃい、アレン」

エルフィリアは生まれたままの姿でバルコニーのサマーベッドに寝転がっていた。

アレンは思わず彼女の肢体《したい》に魅入《みい》ってしまう。

日焼け止めを塗っているのだろうか、エルフィリアの全身には艶《つや》っぽい光沢《こうたく》がある。彼女の柔肌《やわはだ》が太陽光をキラキラ反射している様は、いかにも弾力がありそうで、ついつい手を伸ばしたくなるような色気にあふれていた。

可愛らしくも存在感がある乳房の先端だけにとどまらず、見知らぬ男になど絶対に見せたくないであろう秘密の場所まで、全てをさらけ出しているというのにエルフィリアは恥ずかしがる素振りがない。むしろ挑発するような精神的優位を以《もっ》てして、彼女はアレンに対して優雅に微笑《ほほえ》みかけてくるのだった。

「どうしたのかしら、アレンったら。もしかして、私の体に見とれてくれたの？」

「はっ……ど、どういうつもりですか⁉」

「どういうつもりもなにも、私は日光浴と読書を楽しんでいただけよ」

エルフィリアがサマーベッドから起き上がる。

彼女のたわわな乳房が小気味よく弾み、肌に浮かんだ汗のしずくを跳ねさせた。

エルフィリアの右手には確かに読みかけの書籍が握られている。一糸《いっし》まとわぬ原始的な姿でありながら、英知の結晶である書物を携《たずさ》えているという倒錯《とうさく》的なシチュエーションが、アレンの頭をなおのこと混乱させていた。

「バルコニーもレベッカの結界魔法で守られているから、覗き見されるような心配もないし、こうして裸になると開放的な気分になれて頭も冴えるの。アレンもどうかしら、一緒に日光浴をしながら読書なんて？」

「え、遠慮《えんりょ》させていただきます！」

これも王族故の余裕からくる楽しい時間の過ごし方なのだろうか？

エルフィリアの感覚が一線を画《かく》していて、アレンにはどうにも理解しがたい。

ここはエルフィリアの自室なわけで、彼女が自分の部屋で裸になるのも自由だろうし、王族でも貴族でもないものに裸を見せたところで恥ずかしくもないのだろうが、見せられる側としてはたまったものではない。

「クローネ！　エルフィリア様にタオルを持ってきてくれ！」

「は、はい！」

静観していたクローネが確認する。

「エルフィリア様、日光浴は終わりということでよろしいですか？」

「むっ、本当はもっとしていたかったのだけど……これから王宮で会議があって、のんびりしていられる時間もないしね」

「では、お拭きいたしますね」

クローネがタオルを持ってきて、エルフィリアの体から日焼け止めを拭き取る。

「きゃっ⁉　クローネったら、相変わらず拭き方がくすぐったいわね」

「も、申し訳ありません！　あの、まずは両手をあげていただいて……」

「んっ♥　あ、あなた……わざとやってるんじゃないでしょうね？」

「そ、そんなことは決して！　では、今度はお尻を向けていただいて……」

「どうして、こういうところだけ不器用なのかしら。あなたとは短くない付き合いだけど、そこだけは本当に不思議で……あっ♥　あんっ♥　もう、クローネったらっ！」

アレンは二人から視線を外し、着替えが終わるのを待った。

どれほどの忍耐力を要したかは言うまでもない。

「そうそう、あなたに渡したいものがあったのよ」

ガウンを羽織《はお》ったエルフィリアが手招きしてくる。

（今日はティータイムの誘いではなかったのか……）

アレンが駆け寄ると、彼女は読みかけの書籍を手渡してきた。

それほど厚みはなく、装丁《そうてい》はどことなくチープである。

いわゆる庶民《しょみん》の間で流行している大衆小説だ。

「私の大好きな小説のシリーズなの。王女宮の使用人たちや、レベッカも大絶賛よ。読んだら感想を聞かせてもらえないかしら？」

「承《うけたまわ》りました」

アレンはエルフィリアの手から小説本を受け取る。

そのとき、彼女が悪戯《いたずら》っぽく微笑んだように見えた。

(王女様でも大衆小説なんて読むんだな……)

アレンも王女宮の書庫に通い詰めるくらいには読書が大好きだ。

冒険小説や英雄譚《たん》などは子供の頃から慣れ親しんでいる。

「期限はありますでしょうか？」

「あなたのペースで読んでくれて構わないわ。もう下がっていいわよ。今日はゆっくりと話せなくてごめんなさい、アレン」

「いえ、いつでもまたお呼びください」

アレンは小説本を片手にエルフィリアの部屋を出る。

王女様から貸してもらった大人気の大衆小説。

これは今すぐ読むしかあるまい！


「……こ、これはっ！」

アレンは廊下《ろうか》を歩きながら小説本を読んでいる。

結局、自室まで我慢できなかった。最初の一ページだけ読むつもりだったのだが、あっという間に引き込まれてしまって、むさぼるように続きを読んでしまったのである。

そして、肝心《かんじん》の内容についてだが――

「あまりにも過激すぎるっ!!」

その一言に尽きた。

小説のタイトルは『王女様の秘密　禁断のラブロマンス』というもので、いわゆる女性向けの恋愛小説である。タイトルからして危なそうな雰囲気《ふんいき》をしているが、それ以上に中身が危険すぎた。

物語の舞台はとある王国の王女宮。王位継承権第二位の王女様であるヒロインが、元騎士の男性護衛官と禁断の恋に落ちてしまう。そして、愛に生きるヒロインを蹴落《けお》とそうと、王位継承権第一位の異母姉が罠《わな》を仕掛ける。しかし、ヒロインと護衛官は愛の力によって、異母姉の企《たくら》みを打破していくのだった。

(このヒロインって完全にエルフィリア様がモデルだよな……)

王女様の禁断の恋に加えて、王宮で巻き起こる姉妹たちの後継者争い。まるで、王宮の現状を覗き見たかのようなリアルさであるが、この『王女様の秘密シリーズ』は何年も前から続編が書かれているので、あくまで内容は偶然の一致らしい。

(禁断の恋はピンとこないが、登場人物たちは生き生きとして、これが読んでみるとかなり面白い。しかし、ヒロインのモデルになっているのがエルフィリア様なら、ライバルの異母姉のモデルというのは……）

　アレンがふと疑問に思ったときである。

「護衛官！　護衛官はいるかしら？」

　頭にキンキンと響くような少女の声が聞こえてきた。

　アレンが来てしまったのは王女宮のエントランスホールである。

　読書に熱中するあまり、自室とは全然違う方向に歩いていたらしい。

「隠れていたっていいことないわよっ！　さっさと出てきなさいっ！」

「……護衛官は俺ですが？」

　アレンは声のした方に振り返る。

　正面の出入り口から、エントランスホールに二人の少女が入ってきていた。

　瞬間、アレンはその場にひざまずく。

　目前に姿を現したのが、護衛官を引き連れた第一王女だったからだ。

　まず目を見張るのが彼女のまばゆい立ち姿である。

　ショートボブの髪がまばゆいばかりの金色なら、身につけているフリル満載のドレスも全体が金色だ。体全体がキラキラと輝いている様子は、さながら後光が差しているかのようで、身長が高めなことも相まって、存在そのものがとても大きく見えた。

　自信ありげにつり上がった眉毛。大きな垂れ目とエメラルドの瞳。顔立ちには幼さが残りながらも、濡れたように艶《つや》やかな唇からはハッキリとした大人の色気を感じる。私こそが正真《しょうしん》正銘《しょうめい》の王女であると、言葉を発さずとも表情一つで雄弁に語っていた。

王位継承権第一位。

第一王女、ガブリエラ・ヴァージニア。

御年十七歳になるエルフィリアの異母姉である。

「あなたがエルフィリアの新しい護衛官ね。こっちに来てみなさい？」

「ははっ！」

アレンは言われたとおりにすぐさま駆け寄る。

ガブリエラの背丈はエルフィリアよりも拳《こぶし》二つ分は高い。決して背の低い部類ではないが、大柄なアレンを前にしたら、のけぞるように見上げるしかなかった。自然と胸を突き出すような姿勢になり、フリル満載のドレスに細身のボディラインが浮き上がる。

「あ、あなた、めちゃでかいわね……」

「はぁ……やはり座りましょうか？」

「べ、別にビビってないからねっ！　ちょっと格好いいからって、いい気にならないでよ！」

唇をツンとさせて、ぷんぷん怒っているガブリエラ。

先ほどまでの圧倒的な王族オーラはすっかり引っ込んでしまっていた。

「まさか、本当に男の護衛官を雇っていたなんて……」

ガブリエラがくるりと背中を向けて独り言を漏《も》らす。

「エルフィリアったら、どういうつもりなのよ。男子禁制の王女宮に男を招き入れるだなんて……まさか、本当にあんなことやこんなことをしてるんじゃないでしょうね。そんなこと、年上の私だって経験してないのに――」

「あの、用件はなんでしょうか？」

「そうよ、そうに違いないわ。ナイスバディなあの子のことだもの。男の一人や二人、誘惑するなんて楽勝に決まってる。わ、私だって自分の体に自信があれば……いやいや、私ったらなんてことを考えてるのかしら！」

すっかり自分の世界に入ってしまっているガブリエラ。

なだらかな両肩が小刻みに震えている。

「ガブリエラ様、用件を伺《うかが》いたいのですが？」

アレンは覗き込むようにして彼女に声をかける。

途端、

「うぎゃぁ――――っ‼」

ガブリエラが化け物に襲われたかのような絶叫を上げた。

「ダイアナ！　ダイアナ、助けて！」

「はいはい、どうされましたか？」

「こ、この男がでかい図体《ずうたい》して迫ってきたのよ！」

「呼びつけておいて放置していたのはガブリエラ様だったような……おっ？」

ガブリエラに呼ばれたのは、付き添いで来ていた女性の護衛官である。

「アレン殿！　アレン殿ではないですか！」

「そういうきみはダイアナ！　護衛官になっていたのか！」

思わぬ再会に嬉しさが胸の奥から込み上げてくる。

ガブリエラ付きの女性護衛官、ダイアナ・ローランはアレンの後輩だ。

「はいっ！　ご無沙汰《ぶさた》しておりますっ！」

年齢は十九歳。ガブリエラよりもさらに長身の方で、すらりとしたシルエットをしている。アレンと同じく制服は白を基調としており、その上から金属製の胸当てをはめて、腰にはロングソードを携《たずさ》えていた。

淡いピンク色の長髪と丸い目によって、護衛官らしからぬ柔らかい空気をまとっている。そして、はつらつとした笑顔のおかげで活発かつ爽《さわ》やかな印象だ。護衛官というよりも保育所のお姉さんのような雰囲気の持ち主である。

「エルフィリア様の護衛官になったというのは本当だったんですね⁉」

「ああ！　足の怪我《けが》で困っていたところにお声かけいただけてな」

「流石《さすが》はアレン殿です。ご採用、おめでとうございます！」

アレンとダイアナはその場で固い握手を交わす。

ダイアナは元々、王立騎士団の女性団員としてアレンに師事していた。

アレンの方も、彼女のおかげで女性に対する苦手意識が和《やわ》らいでいた。

「お時間あれば、また二人で素振《すぶ》りなどはいかがですか？」

ダイアナのキラキラとした目は王立騎士団時代から変わらない。

彼女は良い意味で女性らしすぎないんだよな、とアレンは前々から感じていた。

「それはいいな。二人とも休みがもらえたらぜひやろう」

「やった！　これでまた前みたいに一緒にいられますね！」

「ちょっと、ちょっと、ちょっとっ‼」

唐突《とうとつ》に割り込んでくるガブリエラ。

彼女は涙目になりながら、ダイアナの背中にぎゅっと抱きついた。

「何を仲良くしてるのよ！　やっつけなさいよ！」

「ご安心ください、ガブリエラ様。アレン殿は優しいお方です」

「ふんっ！　そんなの分からないわ！　男はみんなケダモノなのよ！」

ダイアナの背中に隠れながら、潤んだ目でにらみつけてくるガブリエラ。

そんな彼女の姿は母親に甘えている子供そのものだ。

「紳士のふりをしながら、心の奥底では欲望が渦巻《うずま》いているに決まってるわ！」

「まさか、まさか。そんなことはないですよね、アレン殿？」

片や子供のような、片や尊敬の眼差《まなざ》しを向けてくる少女二人。

アレンは力強くうなずいた。

「俺は護衛官の名に恥じない男であるつもりです」

「その通りです！　私は王立騎士団時代、アレン殿と寝食を共にしていましたが、手を出してくるどころか邪《よこしま》な目を向けてくることすらありませんでした。全《すべ》ての女性を敬《うやま》い、騎士道を尊重する……アレン殿はそんな立派な人なのです」

「ダイアナがそこまで言うなら、この場は許してやらないでもないんだけど……」

ガブリエラの口からようやく許しを得られる。

アレンがホッとしていると、

「あっ！　アレン様！　こんなところで何してるんです？」

エントランスホールの吹き抜けから、マリーがぴょんと飛び降りてきた。

くるりと宙返りして、アレンとダイアナの間に着地する。

「ひぃっ⁉」

案《あん》の定《じょう》、驚いたガブリエラが腰を抜かしてしまった。

どうやら、筋金《すじがね》入りの恐がりであるらしい。

「な、なによこいつ……あっ‼」

「んにゃ？」

マリーの顔を見た瞬間、ガブリエラが何かに気づいたような顔をする。

それから、彼女は取り繕《つくろ》うようにぶんぶんと首を横に振った。

「メ、メイド風情《ふぜい》が割り込んでくるんじゃないわ！　あっち行ってなさい！」

「えー？　なんなの、この人？」

不満そうに唇をとがらせるマリー。

相手が第一王女だと分かっていないに違いない。

マリーはきびすを返すと、尻尾《しっぽ》を振りながらどこかに去って行った。

（それにしても、さっきのガブリエラの反応……まるでマリーを知っていたかのような？）

「あっ……」

ここでアレンはピンと来る。

（いや、でも、そんな簡単な話でいいのか？）

アレンが自分のひらめきをいまいち信じ切れずにいると、

「お姉様、いらしていたのですね」

今度は公務用のドレスに着替えたエルフィリアが姿を現した。

もちろん、メイド兼護衛官のクローネも一緒である。

（恋愛小説の中では後継者争いをしている二人が顔を合わせたわけか……）

架空のストーリーだと分かっていても、アレンはどことなく緊張してしまう。

事実、二人の間には緊迫した空気があった。

王位継承権第一位のガブリエラと、異母姉妹の中でもっとも聡明と評判のエルフィリア……どうやら、二人の関係は良好というわけではないらしい。

「エルフィリア……あなた、本当に男の護衛官を雇ったのね？」

ダイアナの背中からやっと出てくるガブリエラ。

彼女はずいずいとエルフィリアに近づいていく。

ガブリエラの方が身長は高いので、エルフィリアが見上げる形になるのだが、オーラというか存在感というか、アレンにはエルフィリアの方がずっと大きく見えた。

何しろガブリエラがあからさまににらみつけている一方で、エルフィリアは優しげな微笑《ほほえ》みを浮かべて、純粋に姉の訪問を喜んでいるようなのだ。

「王女宮全体のためになると思って雇うことにしました」

「ふんっ……まるで、あの下品な恋愛小説のようだわ！　あんなの大嫌いよ！」

ガブリエラの口が不満そうにへの字になっている。

「下品、でしょうか？」

「下品に決まってるじゃないの！　現実ではありもしない後継者争いを騒ぎ立てるし、実在の人物をモデルにしてあんなことやこんなことまでやらせちゃうし……あの小説はストーリー展開も気に入らないのよ！　どうして、私が騎士様と付き合えない悪役なんかに……」

「あの……本当にお嫌いなのですか？」

恐る恐るといった様子で尋ねるエルフィリア。

案の定、ガブリエラが不機嫌そうに眉《まゆ》をつり上げた。

「ど、どこに疑う余地があるってのよっ！」

「あまりにも内容についてお詳しいものですから……」

「んなっ――」

瞬間、ガブリエラが耳まで真っ赤になってしまう。

あまりの見事な赤面っぷりは、湯気でも出てきそうにすら見えた。

たじたじになって後ずさり、ガブリエラがくるっと振り返る。

「ダイアナ！　護衛官の顔も確認したし帰るわよ！」

「あ、はい！　分かりました！」

ダイアナがぺこりと一礼する。

「アレン殿、今度は休暇のときに！」

「あぁ、こちらの予定は追って伝える」

王女宮からガブリエラとダイアナが出て行き、エントランスホールはやっと緊迫感から解放される。

アレンがようやく心の底から安堵《あんど》していると、

「アレン様、エルフィリア様から大事なお話があります」

クローネが近づいてくるなりに耳打ちしてきた。

「大事な話？」

「はい。ここでは話せませんので、アレン様のお部屋に移動しましょう」


「ここがアレンの部屋……素朴《そぼく》で落ち着いた雰囲気《ふんいき》だわ」

エルフィリアが興味津々《しんしん》に部屋中を観察している。

クローネから大事な話があると言われて、二人を自室に連れてきてからこの調子だ。

アレンはベッドに腰掛けて、自分の置かれている状況に困惑している。

（マリーやクローネはともかく、エルフィリア様が俺の部屋に来るなんてな……）

花の一つでも飾っておけばよかったと今更後悔《こうかい》する。

「これがアレンの使っている枕ね」

エルフィリアが枕を抱きかかえるなり、くんくんとにおいを嗅《か》ぎ始める。

アレンはとっさに彼女の手から枕を奪い取った。

「な、なにをしてるんですか、エルフィリア様！」

「懐かしいにおいね。心が落ち着くわ」

まさかマリーだけではなく、エルフィリアまでにおいを嗅いでくるとは思わなかった。

(女性たちは男性のにおいが気になるのか?)

アレンが困惑していると、見かねたクローネが助け船を出してくれる。

「エルフィリア様、会議まで時間がありません」

「あらっ、興奮して忘れてしまうところだったわ」

エルフィリアがやっと本題に入った。

「どうやら今朝から昼頃にかけて、私の部屋が覗《のぞ》き見されていたらしいの」

「覗き見⁉」

アレンは驚きのあまりベッドから立ち上がる。

これはメイドの風呂が覗かれるのとは比較にならない緊急事態だ。

「エルフィリア様の部屋は結界魔法によって守られているのではないですか⁉」

「そのはずなのだけどね……。クローネ、あれを出して」

「かしこまりました」

エルフィリアに言われて、クローネが手荷物から水晶玉を取り出す。

水晶玉は片手で持てるサイズで、淡く赤い光を放っていた。

「この水晶玉は外部から魔力を感知して赤く光るようになっています」

エルフィリアがこくりとうなずいた。

「レベッカの結界魔法を信じてないわけじゃないのだけど、万が一の守りとして自室に置いてあるの。そして、アレンが本を持ち帰ったあとのことだったわ。この水晶玉が赤く光っていることに気づいたの」

「レベッカの結界魔法は、本人以外には手出しできないはずでは？」

「そうなのよ。でも、まさかレベッカが覗き見をするとは思えないし……」

アレンは今日の出来事を振り返る。

控えめに見ても、レベッカの態度はかなり怪しかった。けれども、彼女が犯人だという確証はなく、証拠がない以上は厳しく問い詰めるわけにもいかない。

結界魔法が細工《さいく》されていないか調べても、レベッカほどの実力があれば、覗き見した証拠を消すことは容易だろう。犯行を指示する手紙でもあれば話は簡単だが、そんなものは普通ならとっくに処分されているはずだ。

「こうなったら搦《から》め手で行きましょう」

「打開策を思いついたの？」

「あまりほめられた方法ではありませんが、緊急事態ですしやむを得ません」

これでレベッカの疑いが晴れるならそれでもいい。

もしも疑惑が確信に変わったときには……それ相応の措置《そち》をとるまでだ。

三人はアレンの部屋から出て、エントランスホールでそれぞれ別れた。

とにもかくにも、致命的なスキャンダルが漏洩《ろうえい》する前に犯人を捕まえるしかない。

アレンが探し回ると、レベッカは王女宮の中庭にいた。

木製のベンチに腰掛けて、ぼんやりした顔で色とりどりの花壇《かだん》を眺めている。

「奇遇だな、レベッカ」

「あっ、アレン様……」

「隣、いいか？」

レベッカが無言でうなずいたので、アレンは彼女の隣に腰を下ろす。

それから、持ってきた小説本を木製のベンチに置いておいた。

横目でレベッカを見てみると、やはり彼女は精彩を欠いている。

やたらと憧れの眼差しを向けられるのも困るが、こうして元気のない姿を見せられると、どうにか力になれないかと気になってしまう。そんな彼女を疑わなければいけないのだから、悪いことをしているようで気が引けてくる。

(でも、これはもう高級尋問官の仕事だ)

アレンは改めて気持ちを引き締める。

「こんなところでレベッカはどうしたんだ？」

「いえ、私は……」

「俺は落ち着いて読書できる場所を探していてな。エルフィリア様が読んでいた本を貸してもらったんだ」

「えっ⁉　あの本を貸してもらったんですかっ⁉」

驚いたレベッカが木製のベンチから飛び上がる。

あの恋愛小説は彼女も愛読者だと聞いている。内容を思い出したのだろう、顔が一瞬で真っ赤になっていた。随分《ずいぶん》と背伸びしたものを読んでいるようだが、この恥ずかしがり方を見ていると、年相応の感性の持ち主だと分かって少しホッとする。

「かなり面白くて夢中で読んだよ」

「で、でも、あの本にはその……エルフィリアお姉様にそっくりの王女様が出てきて、アレン様と似た境遇の護衛官と、あの……って、その、そう！　私は読んだことがないんですけど、友達が内容を教えてくれて、決して私が読み込んでいるというわけでは――」

「レベッカ」

早めに引導を渡してやるべきだろう。

「エルフィリア様の部屋を覗き見たのはきみだな？」

「えっ⁉」

レベッカの顔に汗がにじみ、両足が微《かす》かに震え始める。

内ももをぴっちり合わせて耐えようとしている姿が健気《けなげ》だ。

「俺は一言も、貸してもらった本が『王女様の秘密シリーズ』だとは言っていない。エルフィリア様が読んでいた本と聞いて、きみは反射的に覗き見ていたものを……エルフィリア様が日光浴しながら読んでいた本のタイトルを思い出したんだろう」

「ち、ちがっ……そう、それです！」

レベッカがベンチに置いておいた小説本を指さす。

「本の背表紙が見えたので、その本のことなんだなーって思ったんです！」

「残念ながら、それは通用しない」

アレンは小説本を手にとって、その表紙をレベッカに見せた。

「これは俺の愛読している冒険小説だ」

「そ、そんなっ……」

「こんな綺麗《きれい》に引っかかってくれるとはな。俺としてはありがたい」

紅潮していたレベッカの顔がみるみるうちに青ざめる。

彼女は地面にぺたんと座り込み、うつむいて一言もしゃべらなくなってしまった。

エルフ特有の美しい金髪が土で汚れても気にしていられないらしい。

「レベッカ、きみを拘束《こうそく》する」

アレンは高級尋問官として告げる。

事情を知らない身内に裏の顔を見せるのはこれっきりにしたいものだ。

アレンはレベッカを尋問室に拘束すると、まずは一対一の話し合いで彼女の本心を聞き出すことにした。

高級尋問官の存在、そしてアレンが高級尋問官であることを知り、レベッカは大いに驚いていた。その後、今回の件がエルフィリアの進退に関わることを説明すると、彼女はよりいっそう顔色を悪くして黙ってしまった。

エルフィリアを敬愛するレベッカが、大切なお姉様の危機を知っても話そうとしない。

(王女様の私生活を覗き見たかった……なんて話なら、素直に謝れば笑い話で済むだろうが、そんな簡単な話ではないか)

本格的な尋問は日没後、エルフィリアが会議を終えてから始めることにした。

念のためにエルフィリアとレベッカを二人だけにして話させてみたが、残念ながらそれでもレベッカは隠し事を話してくれなかった。

「アレン、始めてちょうだい……」

鉄格子《てつごうし》の外で待っていたアレンは、エルフィリアに呼ばれて尋問室に戻る。

出迎えてくれたエルフィリアは、王宮での会議から直接来てくれたため、公務用のドレスを身につけたままだった。部屋着にしている極薄のドレスとは異なるが、きっちりとしたフォーマルな服装も着こなしている。

「身体検査もしてみたけど、証拠になるものは持っていなかったわ」

「ご確認ありがとうございます、エルフィリア様」

「レベッカのことをお願い……」

精彩を欠いているエルフィリア。

これから可愛《かわい》がっていた妹分を尋問するわけで、流石《さすが》の彼女も落ち込んでいるらしい。二人きりになっても話してくれなかったのが、なおさらショックだったのだろう。女性の心情に疎《うと》いアレンにも、エルフィリアの心の痛みは理解できた。

「み、見ないでください……」

レベッカは尋問室の真ん中で、椅子《いす》に座って待たされている。

マリーを捕まえたときとは違って、手かせのような拘束は一切していない。ただし、魔法道具を隠し持たれていると危険なため、彼女はエルフィリアに用意してもらった水着姿になってもらっていた。

しかし、その水着がやたらときわどい。ほとんどヒモのような細さなので、本当に最低限しか体を隠していない。そのため、成長途中のささやかなバストから、幼さの感じる少しぽっこりしたお腹までが露わになっていた。

レベッカは自分の体を隠そうと身をかがめている。しかし、そのせいでヒモのように細い水着が隠れてしまって、さながら何も着ていないように見えてしまっていた。そんな一方、剝《む》き出《だ》しになった細身の二の腕やふくらはぎが実に眩《まぶ》しい。

(下着姿にするのは忍びなかったが、まさかこうなるとは……)

アレンは内心困惑したが、気持ちが顔に出ないように努めた。

ここで自分が恥ずかしがったら、レベッカも余計に恥ずかしがってしまう。

「レベッカ、立ってくれ」

「は、はい……」

「両手は脇に下ろして、体は隠さないようにな」

「ううっ、恥ずかしいです……」

水着姿のレベッカを起立させ、アレンは四方八方から舐《な》めるように観察する。

全身から発汗があり、内股《うちまた》でモジモジしているため、緊張状態なのは間違いない。

それにもかかわらず、アレンの『弱点を見抜く力』では、彼女の弱点を見抜くことができていなかった。

(エルフの魔力に妨害されているのか？　あるいは最初から弱点が存在しない……いや、この程度のことで動揺《どうよう》するな！　弱点が見えなくてもやりようはある)

……とはいえ、相手は十四歳の少女である。

エルフィリアにしたような責め方は、レベッカの未成熟な肉体には危険だ。

（それなら……試すならマリーにしたような責め方か？）

アレンは右手の人差し指をピンと立てると、おもむろにレベッカの内ももに触れる。

「ひゃっ⁉　ア、アレン様⁉」

反射的に内ももをぴっちりと閉じ、両腋《りょうわき》もキュッと閉めてしまうレベッカ。

不意の刺激に対して、人間は大抵そのような姿勢になるものだが……。

「レベッカ、気をつけだ」

「えっ……でも、くすぐったくて……」

「なぁ、レベッカ。きみは学校でも優秀な生徒だそうだな？」

「ふえっ⁉」

唐突《とうとつ》な話題転換に面食らった様子のレベッカ。

彼女を見守っていたエルフィリアが補足する。

「レベッカは王立魔法学校で最高成績を収めているわ。一年前、それほど優秀な子が親元を離れて苦労していると耳にしてね。その日のうちに会ってみて、私はレベッカの生活を支えることにしたのよ」

「王女様から才能を認められた優等生か……それなら気をつけもできるだろうな？」

「えっ、えええ……」

そんなことを言われても、という顔をしながらもレベッカは姿勢を正している。メイドたちの喧嘩《けんか》を仲裁《ちゅうさい》したときから感じていたが、彼女は根っからの優等生気質なのだろう。

アレンは軽く爪を立てるようにしてレベッカの肌をなぞる。

「んんっ……く、くすぐったいっ……」

内ももから太ももの付け根に、そこからさらにおへそのくぼみに。

微かに浮き出る肋骨《ろっこつ》をなぞり、つるりとした腋の下まで。

「だ、だめっ……くうっ……んっ」

レベッカの体は敏感に反応しているが、それでも弱点を突かれたという感じではない。

アレンはさらに彼女の首筋から、ピンと立っているエルフ耳をくすぐる。

(エルフは耳が弱点だと聞いたことがある。他種族に触られるだけで激怒し、耐えがたい嫌悪感に襲われるらしいが……)

アレンにとっては一種の賭《か》けなのだったが、

「んんっ……ふぅ……」

レベッカはむしろリラックスしたような顔をしていた。

(エルフ耳を触られても気にしないタイプなのか？　それとも……もしかして、俺はとんでもない思い込みをしているのでは？)

アレンは事細かにレベッカの言動を思い返す。

エルフィリアの部屋を覗き見していただけではない。

彼女には不自然な点がいくつもあったはずだ。

(俺の推測が正しいなら、最適な尋問の仕方は……)

そのとき、アレンはある一つの方法を思いつく。

「エルフィリア、きみも服を脱いでくれ」

「は、はいっ！　喜んで脱ぐわっ！」

マリーを尋問したときと同じく、エルフィリアは嫌な顔一つせず服を脱ぎ始める。

公務用のドレスを脱ぐと、いつもよりもシンプルな下着が露わになった。

彼女はさらに下着も脱いで、あっという間に柔肌《やわはだ》の全《すべ》てを外気にさらしてしまう。

(そこまで脱いでほしかったわけじゃないが……)

水を差すと空気が壊れそうな気がして、アレンは何も言わないことにする。

「エ、エルフィリア様……は、は、裸にっ⁉」

「私の裸を見るのは今日二回目よね？」

「す、す、すみませんっ！」

恥ずかしさと申し訳なさで、レベッカが目をつむって顔を伏せる。

エルフィリアはそんな彼女を背後から抱きすくめた。

「ひゃっ……せ、背中に柔らかいものがっ⁉」

「レベッカの体って、ほっそりしてるけど柔らかいのね。お肌もすべすべしてる」

「そ、そ、そんなっ……エルフィリアお姉様の方がずっと……」

「そうかしら？　実際に触ってみるまで分からないいんじゃない？」

「さ、さわっ……そんな大それたこと、できませんっ！」

少女二人のスキンシップを横目に、アレンは尋問室の壁に設置された伝声管を使う。

伝声管は漏斗《ろうと》状の受話器に向かって話すと、そこから伸びた金属の管を通り、離れた場所と会話できる装置である。伝声管は王女宮一階の一室につながっており、そこではクローネが待機してくれていた。

「クローネ、お湯を頼む」

『承《うけたまわ》りました。数分でそちらに送ります』

クローネの返事から数分後。

尋問室の隅にある湯口から、温かいお湯が流れ出してきた。

王女宮の炊事場《すいじば》で沸かしたお湯が、尋問室で使えるように水道が整備されている。尋問室の石畳《いしだたみ》は水をよくはじき、排水路も備わっているため、大量の水を使った尋問も想定されているのだった。

アレンは戸棚《とだな》から石鹸《せっけん》を取り出し、それをエルフィリアに手渡す。

「エルフィリア、レベッカの全身をくまなく洗うんだ」

「えっ⁉　あ、あぁ……そういうことだったのね」

どうやら、エルフィリアも今回のからくりに気づいたらしい。

アレンは自分の手でお湯の温度を確認する。

風呂で肩まで浸かるにはぬるいが、体を洗うくらいならちょうどいいだろう。

「あ、洗うって……や、やめてくださいっ！　それだけはっ！」

レベッカも少し遅れて、自分の身に起こることに気づいたらしい。

「それなら全てを洗いざらい話すか？」

「そ、それは……」

ここで自分から踏み切れないなら、あとは荒療治《あらりょうじ》あるのみだ。

アレンはバケツですくったお湯をレベッカにぶっかける。

何度か繰り返すと、彼女はすっかり全身ずぶ濡れになった。

「それじゃあ始めましょうね」

エルフィリアは手のひらで石鹸を泡立《あわだ》て、できあがった泡を全身に塗りたくる。

そして、あわあわになった自分の体をレベッカの体に密着させた。

押しつけられたエルフィリアのバストがむにゅっと形を変える。

（おいおい、そんな洗い方ってありか⁉）

指示したのは自分だが、アレンは心の中で突っ込まざるを得ない。

しかし効果は抜群《ばつぐん》で、レベッカの表情はすでに甘くとろけ始めていた。

「お姉様……やっ！　そんなところ、触ったらっ♥」

「あなたとは一緒にお風呂に入ったことがなかったわ。何度も誘ったのにね」

「そんなこと、恐れ多くてっ……」

「そうじゃなくて、秘密を守りたかっただけでしょう？」

「んぁっ……そんな意地悪なこと、言わないでくださいっ♥」

エルフィリアが泡だらけの体をこすりつけるたび、レベッカは悩ましそうに発育途中の体をよじらせ、甘く切ない声を漏《も》らしている。それはさながら、エルフィリアの細くて美しい指によって奏でられる楽器のようだった。

「ふふっ……私の方まで気持ちよくなってしまいそうよ、レベッカ」

「あんっ♥　お姉様が、私と一緒に気持ちよく……んんっ♥」

エルフィリアがきわどいところを触れれば、レベッカは敏感に感じ取って体を震わせる。

そのたびにバストとヒップがぷるんとして、石鹸の泡が石畳の床に飛び散った。

優しい石鹼の香りには、女性的な甘いにおいが混じっている。

「お姉様っ♥　お姉様がこんなに目の前にっ♥」

正面から抱き合う形になるレベッカとエルフィリア。

二人の胸とお腹がくっついて、弾けんばかりの体を互いに押し合っている。

鼻と鼻が触れあいそうな距離で、彼女たちはじっと見つめ合った。

「私もレベッカのそばにいられて嬉しいわ。あなた、こんなにも可愛らしいんだもの」

「お姉様の方が……あっ♥　可愛いに決まってますっ……ひんっ♥」

完成した美を感じられるエルフィリアと未熟ながらも成長中のレベッカ……そんな対照的な二人の美少女によって奏でられる官能的な旋律に、アレンはすっかり魅入《みい》ってその場に立ち尽くしていた。

そんなレベッカの体についに変化が現れる。

「あっ……み、み、見ないでくださいっ！」

彼女の真っ白な肌から塗料が流れ落ち、小麦色の地肌が見えてきたのだ。

そこからエルフィリアの洗体が加速する。レベッカの腕を胸の谷間で、足を内ももでしっかり挟み、全身をピストンさせて一気に塗料を洗い流す。

使っている石鹼も薬液と同じく、エルフィリアが調合した特別製だ。普通の汚れだけではなく、魔力の込められた汚れも落とすことができる。元々は魔物の血を洗い流すために考案されたものらしい。

エルフィリアはレベッカの体を洗い終えると、今度は彼女の髪も洗い始める。すると、エルフ特有のまばゆい金髪は、みるみるうちに塗料が流れ落ちて、烏《からす》の濡《ぬ》れ羽色《ばいろ》と呼ぶべき美しい黒髪に様変わりした。

エルフ耳にも変化が起こっていた。エルフィリアが石鹼の泡をつけた指先でこすると、エルフ耳のとんがりが徐々に欠けていき、普通の人間と同じ丸い耳になったのである。肌や髪を塗料で変えたように、何らかの素材で偽のエルフ耳を作っていたのだろう。

ここでようやく、アレンはレベッカの弱点を感じ取る。

その場所はなんと肌全体で、魔力の込められた塗料によって、弱点が見えにくくなっていたようだ。塗料を落とすための洗体が、偶然にも的確に弱点を突いていたようである。

（まあ、ここまで来たら弱点が見えても意味はないな……）

アレンは仕上げとして、二人の体にバケツでお湯をぶっかける。

大量の泡を洗い流し、用意しておいたタオルを手渡した。

エルフィリアが自分そっちのけでレベッカの体を拭き始める。

雨に打たれた子猫をいたわるような優しい手つきだ。

「レベッカ……あなたは東部人なのよね？」

その質問に対して、レベッカは無言でうなずいた。

エルフなのにエルフ耳が弱点でなければ、エルフがいかにも毛嫌いしそうな東部人にも優しく接する。それもそのはず。レベッカはエルフではなく人間で、しかも田舎者《いなかもの》扱いされがちな東部の出身だったのだ。

「私、レベッカ・ホワイトなんて名前じゃありません」

押し黙っていたレベッカがようやく口を開いた。

彼女の言葉に偽りがないのは、アレンの『嘘を見抜く能力』ですぐに分かった。

「本名はレイコ・カネシロ……単なる人間で、東部の出身です。魔法の才能を認められて、王立魔法学校を受験することになって……でも、東部人は都会だと馬鹿にされて、友達もできないって聞いたから、エルフの格好で受験したんです」

レベッカは並の魔法使いでは操れない結界魔法を扱える才能の持ち主である。魔力の高いエルフを偽っても、受験では疑われなかったのだろう。しかし、それでも日常生活ではいつかバレるのではないかと気が気ではなかったはずだ。

「それ以来、エルフの姿で居続けたのね？」

「はい……」

ぐすん、とレベッカが涙をこらえる。

強く結ばれた唇は小さく震え、彼女は今にも泣き出してしまいそうだった。

「でも、昨日のことでした。私の部屋に脅迫状《きょうはくじょう》が届いたんです」

「脅迫状？」

「結界魔法に細工をして、エルフィリアお姉様のお部屋を覗《のぞ》き見するように。さもないと、お前の正体を周りにバラすぞと……でも、これだけは誓って言えます。私は見たことについては誰にも言ってません！」

「そういう事情だったのね」

エルフィリアだけではなく、アレンもレベッカの立場には同情する。東部出身なのがバレること、それは彼女にとって死活問題だったのだ。敬愛するお姉様の人生と自分自身の人生、その二つを天秤《てんびん》に掛けさせられた苦しみは想像だにできない。

「私、もうダメです……こんな私を見られてしまったら、もう……」

「あら？　私はあなたのことが今だって大好きよ？」

「えっ⁉」

エルフィリアの言葉が意外に聞こえたらしく、レベッカがびっくりして振り返った。

「ど、どういうことですかっ⁉　全然分かりませんよっ‼」

「あなたがエルフでも、東部出身の人間でも、私の気持ちは変わらないわ。若くして優秀な魔法使いであり、正義感があって誰よりも優しく、それでいてちょっぴり寂しがり屋……そんなあなたのことを私はとっても気に入っているの」

「お姉様っ……」

女神のような優しい笑みを浮かべているエルフィリア。

幼い子供のように泣きながら、レベッカは大好きなお姉様に抱きついた。

エルフィリアがそんな彼女の頭をそっと撫《な》でてやる。

アレンは本物の姉妹以上の絆《きずな》を二人の間に見た気がした。

「もちろん、俺だってレベッカのことを大切に思っている」

「アレン様も⁉」

「正直に話してくれてありがとう。よりいっそう、きみのことが好きになったよ」

「そ、そんなっ……私のことが好きだなんてっ！」

ポッと頬《ほお》を赤くするレベッカ。

しかし、それも一瞬のことでしょんぼりしてしまう。

「でも、このままだと脅迫状の主に私の秘密をばらされちゃいます」

「それならいっそのこと、カミングアウトしたらいいんじゃないか？」

「ふぇっ⁉」

アレンの何気ない提案を聞いて、驚きのあまりにレベッカの涙が引っ込んだ。

「そ、それって、エルフじゃないことをみんなに言うってことですかっ⁉」

「そういうことだ」

アレンはまっすぐにレベッカの目を見つめる。

「レベッカがエルフでも人間でも変わらない……いや、可愛《かわい》らしさを二つも持っているんだ。そんなきみのことが俺もエルフィリア様も大好きだ。学校の友達も、王女宮の住人たちも、好きになってくれることは間違いない」

「そ、そうですか……えへへ。大好きだなんて、そんなっ♥」

照れて内ももをモジモジさせるレベッカ。

ほめられて素直に喜べるならもう大丈夫だろう。

これで今日の仕事は完了だな、とアレンはホッとため息をついた。

「そ、そうだっ！　お姉様のお体は私が拭きますっ！」

レベッカがタオルを手に取り、エルフィリアの体を拭き始める。

アレンはそんな二人の微笑《ほほえ》ましい姿を満足げに眺めるのだった。

×

あれから、脅迫状の送り主について調査が行われたが、残念ながら有力な手がかりを見つけることはできなかった。脅迫状には破棄《はき》するようにと書かれており、レベッカは脅《おど》されるがまま脅迫状を捨ててしまっていたのである。

ただし、脅迫状が残っていたところで、たいした情報は得られなかっただろう。覗き見で得た情報をいつ誰に伝えるかは書かれていなかったし、レベッカ宛《あて》の新しい指示書も送られてこなかった。

アレン個人としては黒幕の目星がついているが、決定的な証拠が出ていない以上は、新たな刺客《しかく》が送り込まれないことを祈るしかない。

そうして、平和な日々の続いたある朝のこと。

アレンが王女宮の前庭で素振《すぶ》りをしていると、そこに三人の学友を連れたレベッカがやってきた。学友たちはレベッカと同じ学生服を着ているのはもちろん、なんと三人とも耳のとがったエルフなのである。

といっても、彼女たちは本物のエルフというわけではない。

エルフ風のメイクで耳をとがらせた人間の少女たちなのだ。

その証拠として、髪の毛も肌も瞳も色がバラバラである。

レベッカのカミングアウトはあれから大成功を収めていた。どうして成功ではなく大成功なのかというと、彼女のしていたエルフ風のメイクが、王立魔法学校の女子学生の間で大流行してしまったのである。

優等生っぷりから評判だったレベッカだが、現在ではファッションリーダーのような立ち位置として、王立魔法学校ではさらに人気者になっているらしい。友達も減るどころか、以前の倍も増えたようだ。

「アレン様っ！」

こちらを見つけるなり、レベッカが駆け寄ってくる。

「今日はみんなとお勉強会なんですっ！」

カミングアウトして以来、レベッカはエルフ風のメイクと素顔の自分を使い分けている。

今日の彼女はエルフ仕様で、サラサラの金髪をなびかせていた。メイクの仕方は変わっていないはずだが、不思議と出会ったばかりのときより可愛く見える。レベッカの内側からあふれ出る自信が、彼女の魅力を引き立てているのかもしれない。

そうこうしているうち、アレンは三人の女学生たちに囲まれてしまう。

「元騎士の護衛官様、実在していたのね⁉」

「あ、あのっ……サインしてもらっていいですかっ！」

「綺麗《きれい》な上腕二頭筋だわ……うふふふ……」

エルフ風のメイクをしているからでもあるが、実に個性的な三人組だ。

今までなら硬派《こうは》なふりをして、それとなく追い払ってしまうところだが、レベッカと仲良くなったおかげだろうか、女学生たちに囲まれることがアレンは素直に嬉しく思えた。

「ごめんなさい、アレン様。みんながどうしても会いたいって」

「レベッカの頼みなら、もちろんお安いご用だ」

アレンはごく普通に答えたつもりだが、

「「「きゃ――――――っ‼」」」

三人の女子学生が揃《そろ》って黄色い声を上げた。

（この盛り上がりっぷりは、やっぱり今も慣れないけどな……）

それからしばらく、アレンは女子学生たちの立ち話に付き合った。

レベッカの楽しそうな顔を見ていると、正しい尋問を行えて本当によかったと思える。

心も体も傷つけず、むしろ抱えている悩みを解消する。そして、黒幕の魔の手からしっかりと守り切る。高級尋問官として、護衛官として、騎士道を重んじるものとして、よくやれているのではないだろうか。

三人の女子学生たちが立ち話を終えて、王女宮に向かって走り去る。

レベッカは友人たちの背中を追いかけながら、

「アレン様、大好きですっ！」

こちらに振り返って、満面の笑みを見せてくれた。

4 王女様、再び

レベッカを尋問してからも、王女宮では平和な日々が続いていた。

新しい刺客も送り込まれていないし、後継者争いも表沙汰《おもてざた》になっていない。

現状に焦らず、それでいて気を緩《ゆる》めず、アレンは自分なりの時間を過ごしていた。

「そんでね、私はならず者たちに言ってやったわけ。あんたらみたいな義理も人情もない悪党共は、美少女義賊《ぎぞく》マリー様がこの手で成敗《せいばい》してやる――ってね！」

「マリーさん、格好いいですっ！」

「相手は十人の手下を引き連れてたけど、私は絶対にひるまなかったよ。それはもう電光石火の素早さで、手下たちを一人ずつやっつけたんだ。もちろん、全員をぐるぐるに縛《しば》って、天下の往来に引きずり出してやったよ。私は殺しをしない主義だからさ」

「す、すごいですっ！　マリーさんは正義の盗賊《とうぞく》ですっ！」

ある日の午後のことである。

アレン、レベッカ、マリーの三人は中庭で談笑に花を咲かせていた。

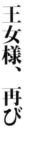

　エルフィリアは最近忙しく、彼女から呼び出されない日で、しかもレベッカの学校が午前授業だけだったりすると、こうして三人で集まっているのである。仕事があるはずのマリーがどうして参加しているのかは謎だ。

　ここ最近はマリーによる『美少女義賊マリー伝説』で大いに盛り上がっている。彼女が単なる泥棒なのは分かっているが、レベッカも楽しんでくれていることだし、アレンは大人しく耳を傾けることにしていた。

（それにしても、この二人はいつの間に仲良くなったんだ？　優等生のレベッカが不良メイドのマリーにすっかり懐いているが……）

「どうしたの、アレン様？」

　向かい側のベンチに座っていたマリーがアレンの隣に移ってくる。

「もしかして、私の可愛さに見とれちゃってたり？」

「そ、そうなんですか、アレン様!?」

　マリーに引き続き、レベッカもアレンの隣に移動してきた。

　アレンは二人の少女に挟まれる形になる。

　スレンダーな猫耳少女と金髪のエルフ少女、まさに両手に花の状態だ。

「二人がどうやって仲良くなったのか気になってさ」

「えっ!?」

その質問に顔を赤くしたのはレベッカだった。

作り物のエルフ耳を除き、顔全体が綺麗に紅潮している。

「あっ……それを聞いちゃうんだっ？」

マリーもなにやら嬉し恥ずかしな感じに頬を赤くする。

手のひらを頬に当てて、ぶりっ子するみたいに体をよじらせた。

「実は……私とアレン様が過ごした素敵な夜について教えてあげたのっ♥」

「んなっ――」

アレンは驚きのあまり、マリーとレベッカの顔を交互に見る。

スカートの裾《すそ》を握りしめ、ぷるぷると震えてるレベッカ。

その一方で、マリーはキラキラとした目で遠くを見つめている。

「あの日のアレン様ったら強引でね、私をいきなり自分のお部屋に連れ込むんだもん♥　シャワーも浴びてないのになって思ったんだけど、アレン様にぎゅって抱きしめられたらそんなのどうでもよくなっちゃって、求められるがままに唇を――」

「おい、待て！　俺はそんなことしてないぞ！」

「普段は紳士的でも、男の人はやっぱりケダモノなんだね♥　すっごい情熱的だったからびっくりしちゃった♥　そのあとはもう二人とも服を脱ぎ捨てちゃって、本能の赴《おもむ》くままベッドに潜り込んだの♥」

止めどなくあふれ出てくるマリーの妄想劇場。

（これをレベッカに教えたのか？　本当に教えたのか？）

アレンの隣にいるレベッカは、こちらから完全に目を背けて、小さな背中を震わせている。

あの恋愛小説の愛読者なことも含めて、彼女は意外と耳年増《みみどしま》のようだ。

（男の子よりも女の子の方が、精神的な成長は早いと聞いているが……いや、そんな冷静に分析しているふりをして、現実逃避をしている場合じゃないな）

アレンがようやくマリーを止めようとすると、

「あなた、こんなところでサボってたのね！」

唐突《とうとつ》にやってきたクローネが、マリーの脳天に鋭いチョップをたたき込んだ。

「はうんっ♥」

目をキラキラさせたまま、地面にばったりと倒れるマリー。

クローネはゴミでも見るような目を彼女に向けていた。

「ろくに働きもしないで、アレン様やレベッカ様とおしゃべり三昧《ざんまい》……そろそろ、本格的なお仕置きが必要かしら？　エルフィリア様のお慈悲《じひ》で生かしてもらっているということ、その体に刻み込んであげないと――」

「クローネ、本当に助かった」

このまま放っておいたら、今度はクローネのお小言《こごと》劇場が始まりかねない。

アレンが感謝を述べると、彼女は一転してふにゃっとした笑顔になった。

「い、いえっ……これも私の仕事ですからっ……」

赤くなった頬を両手で隠そうとするクローネ。

けれども、むにむにしているピンク色の唇までは隠せていなかった。

「えーと……それでな、レベッカ?」

「は、はいっ⁉」

アレンから話しかけられて、ようやくレベッカが我に返る。

彼女は全身が汗まみれで、制服のブラウスに肌が透けてしまっていた。

「俺とマリーはいかがわしいことなんて一つもしていない」

「そ、そうだったんですかっ⁉」

「ついでに言っておくと、美少女義賊マリー伝説も全部嘘だ」

「えーーっ⁉」

ぐったりと落ち込んでしまうレベッカ。

太めの眉毛《まゆげ》がハの字になり、しょんぼり具合が強調されている。

「でも、一緒のベッドで寝たのは本当だもーんっ！」

いきなり飛び起きるマリー。

子猫を捕まえるかのように、クローネが彼女の襟首《えりくび》をひっつかんだ。

「それはあなたが勝手にベッドに潜り込んだだけでしょう？　それも一晩一緒にいたわけじゃなくて、早起きして忍び込んだだけじゃない。完全に捏造《ねつぞう》よ、ね・つ・ぞ・う！」

「そんなこと言って、やっぱりクローネもうらやましいんじゃないの？」

ちらっ。

ちらっ。

クローネが横目でアレンを見てくる。

それからなぜか、レベッカまで同じように見てきた。

（これはどういう現象なんだ？）

アレンが困惑していると、

「そ、そうでした！　みなさんに伝えることがあります！」

クローネがハッとした様子で両手を合わせた。

「明日はエルフィリア様と一緒にピクニックです！」

×

翌日のおやつ時、一同は王女区画の中にある湖を訪れていた。

アレン、エルフィリア、クローネ、マリー、レベッカ……この五人が勢揃《せいぞろ》いするのは初めてのことである。

「悪いな、二人とも。男の俺が手ぶらだなんてさ」

「ティータイムですから、準備は私どもにお任せください」

大きなバスケットを軽々と抱えているクローネ。

彼女も楽しみにしているようで足取りは誰よりも軽い。

「お、重い……私だけ荷物が多い……」

マリーの方は給仕用のカートを王女宮から押させられていた。

「あなたは普段サボってるのだから当然よ」

「ううう、鬼メイド！」

「あと少しですし、手伝いますよ」

そんなマリーを見かねて、レベッカが一緒にカートを押し始める。

今日は学校が休みなので、彼女は私服のドレスを着ていた。

「おしゃれなドレスね。これがいわゆる東部風なのかしら？」

「あっ、はい！　そうなんです！」

エルフィリアにほめられて、レベッカが嬉しそうに赤面する。

彼女のドレスは東部風の『和』を感じさせるデザインだ。コルセットのように巻き付けられた帯が特徴的で、腰のところで大きなちょうちょ結びになっている。

「でも、エルフィリアお姉様のドレスの方がもっと素敵です！」

「そう？　ありがとう、レベッカ」

微笑《ほほえ》み返すエルフィリアが着ているのは、彼女のイメージカラーである白を基調として、大人っぽくまとまったロングドレスである。つばの広い帽子や、肘まであるシルクの手袋も相まって、彼女の大人びた雰囲気《ふんいき》がぐっと高まっていた。

「アレンはどう？」

「俺もよく似合っていると思います」

「守りたくなっちゃう感じかしら？」

「ええ、もちろんです」

「ありがとう。一度、試しに着ておきたかったのよね」

試しに？

アレンが少し疑問に思っていると、一同は目的の休憩所に到着した。

休憩所は湖畔《こはん》を一望できる高台にある。丸形のテーブルは十人くらいなら集まれそうだ。屋根付きなので、強い日差しにも突然の雨にも困らない。涼しい風の通り抜ける、絶好のロケーションだ。

そうこうしているうちにティータイムの準備が終わる。

テーブルには三段重ねのティースタンドが置かれており、そこには色とりどりのケーキやマカロン、シュークリームにマシュマロなどが並べられ、まるでお菓子の博覧会だ。

ミルクと砂糖たっぷりの紅茶も人数分用意されている。マリーの押してきたカートには、湯沸かし器まで積まれていたらしい。紅茶からは温かそうな湯気が立ち上り、芳《こう》ばしい茶葉の香りがアレンの鼻腔《びこう》をくすぐっていた。

一同は椅子《いす》に腰を下ろす。

アレンから時計回りに、エルフィリア、クローネ、マリー、レベッカの順になった。

「本当に私どもまで同席してしまってもよろしいのですか？」

申し訳なさそうにしているクローネ。

そんな部下にエルフィリアは優しく微笑みかける。

「もちろんよ、クローネ。今日は一緒に楽しみましょう？」

「いただきまーっす！」

案《あん》の定《じょう》、最初に手を出したのはマリーだった。

彼女はエクレアに手を伸ばし、そのまま手づかみで食べてしまう。

「うみゃーいっ！　こんな美味《おい》しいもの、今まで食べたことないよぉ！」

「あぁもう、行儀《ぎょうぎ》がなってないんだから……」

クローネがうんざりしながらミルクティーを一口飲む。

すると、彼女の表情は一瞬でほんわかとしたものになった。

五人も集まったおかげで、とにかく会話が弾んで途切れない。

アレンも王立騎士団時代についてあれこれと聞かれて、盗賊団《とうぞくだん》のお頭《かしら》との一騎打ちや、火山でのドラゴン退治の話をした。

すると、マリーも対抗して美少女義賊マリー伝説について語り出し、今度はそれに対して全員で茶々を入れる形になった。

「あなた、それはもう小説にでもした方がいいんじゃないの？」

クローネがごもっともな感想を述べる。

それにはアレンも同意見だ。

「冒険小説にしたら面白そうじゃないか。俺もいいと思うぞ」

古代遺跡の秘宝に挑んだマリーが、古代人の作った機械人形に襲われるシーンなどは、作り話だとは分かっていても手に汗握った。途中から義賊ではなくて、単なるトレジャーハンターになっていたが、そんなのは些細《ささい》な問題だろう。

「私もそれがいいと思いますっ！　絶対にそれがいいですっ！」

レベッカも大興奮で鼻息を荒くしている。

だが、それほど好評にもかかわらず、マリーはずーんと沈み込んでいた。

「私、その、あの……」

「どうしたんですか、マリーさん？」

「読み書きが、その、できなくて……」

「それなら私が教えますよっ！」

間髪容《かんはつい》れずにレベッカが言った。

「だ、大丈夫？　それって迷惑じゃない？」

マリーがいつになく遠慮《えんりょ》がちなことを言い出す。

猫耳と尻尾《しっぽ》もしょんぼりと垂れてしまっていた。

「私、勉強なんてしたことないし、物覚えも悪いから……」

「心配しなくて大丈夫です。これでも私は優等生で通ってるんですから！」

レベッカが誇らしげに胸を張る。

「教えるのは得意なんです。将来は先生になりたいと思ってるくらいですし！」

「本当⁉　途中でやめたって言うのはやだからねっ‼」

マリーがすがりつくようにレベッカの手を握りしめる。

感謝と不安が入り交じり、彼女の目はすっかり涙で潤んでいた。

(衣食住や働き口だけじゃない。友達ができてこその楽しい人生だよな……)

友情を感じる微笑ましい光景に、アレンは胸がじぃんとするのを感じた。

これも王立騎士団時代には経験したことないものだった。

「よかったわね、マリー」

エルフィリアも嬉しそうににっこりと微笑んでいる。

「レベッカ、マリーのことを頼むわね」

「もちろんです、お姉様……あっ、でも、お仕事の時間と重なっちゃうかも」

振り返るレベッカ。

クローネは少しあきれたようにふーっと息を吐いていた。

「ほとんど働いていないようなものだもの。読み書きをしっかり教えてもらえると、私の方としても助かります。でも、読み書きを覚えた暁《あかつき》には、今度こそちゃんとメイドの仕事を覚えてもらうから覚悟しておくように！」

「は、はい……」

今度こそ反省した様子のマリーであるが、彼女の本心は神のみぞ知ることだろう。

ここで成長できるかどうか、アレンにはそれが楽しみになってくる。

そのとき、レベッカが話題を変えるように言った。

「あ、そうだ！　私、エルフィリアお姉様に聞きたいことがあったんです！」

「私に聞きたいこと？」

「アレン様とのなれそめ話ですよ！　実は小さいときに会っていたって本当ですか？」

「ふふっ……それなら最初から話しましょうか」

エルフィリアが悪戯《いたずら》っぽく微笑み、レベッカが思いっきり前のめりになる。

先ほどまで泣きそうになっていたマリーも、興味津々《しんしん》に猫耳と尻尾をピンとさせていた。アレンとクローネは静かに耳を傾ける。

「あのとき、私は十歳で……どうしようもない悪童だったわ」

エルフィリアの昔語りが始まった。

六年前、エルフィリアは控えめに表現しても腐っていた。

物心ついてからずっと、すっきりとした気分になったことが一度もなかった。

ヴァージニア王国には古くからのしきたりがいくつもある。

王女は男子禁制の王女宮で暮らすというのもその一つで、王女たちは幼い頃から母親の元を離れて、乳母や教育係の手によって育てられるのだ。

国王が複数の妻を娶《めと》るのは、後継者を確実に得るために有効な手段だが、王妃たちが自分の子供を国王にしようと争うことがある。そのため、ヴァージニア王国では国王と王妃が子供の教育に関わらないのがしきたりだ。

エルフィリアは家族の愛を知らず、十歳にして手のつけられないわがまま娘に育った。彼女の悪戯《いたずら》には王宮中の人間が悩まされていたが、それを咎《とが》められる人間は存在せず、誰しも腫《は》れ物に触れるような扱いをしていた。

（つまらない……生きていて何も楽しくない……）

どんなに美味しいものを食べても、どんな余興《よきょう》を見せられても、どんなにほめられても、エルフィリアの心は満たされなかった。異母姉妹たちとも、同世代の子供たちとも仲良くすることができなかった。

そんな状況にあって、唯一すっきりできるのが悪戯だった。大人達が慌てふためき、落ち込んで泣き寝入りをする姿を見ると、胸の奥にあるイガイガが取れる気がするのだ。

六年前のあの日も、エルフィリアはいつものように悪戯をしていた。給仕の台車に細工《さいく》をしたのである。使用人は来賓《らいひん》の服に料理をこぼし、それはもう大目玉を食らっていた。

王女様が台車に悪戯をしました、なんてこと言えるはずがない。

エルフィリアが廊下《ろうか》の物陰でほくそ笑んでいると、

「きみがやったのか？」

背後から若々しい少年の声が聞こえてきた。

エルフィリアは本当に驚いた。

自分を叱《しか》る人間などあり得ない。実の両親ですらそうしないのだ。

もしかしたら、私は悪魔や死神に目をつけられてしまったのかもしれない。

エルフィリアは本気でそう思って、その場から一目散に逃げ出した。

けれども、王宮の前庭にあるバラ園で、彼女は追っ手に捕まってしまうことになった。

迷路になっているバラ園の中で二人きり。助けを呼ぶことなどできない。

（……いや、そうじゃない。誰も私のことなんて助けたがらない）

エルフィリアは意を決して振り返る。

すると、追いかけてきたのは悪魔でも死神でもなく、騎士の姿をしている長身の少年だということが分かった。精悍《せいかん》な顔立ちにしっかりとした体つき。おとぎ話に出てくる王子様とは正反対で、現実的な存在感にあふれている少年だった。

エルフィリアの全身が万能感に満たされる。

相手は所詮《しょせん》、王族でもなければ貴族でもない……騎士になりたての子供だ。見てくれは好みかもしれないけど、そんなことで惑わされる自分ではない。むしろ一見したところ、印象のよい人間の方が厄介《やっかい》なことがある。

「あなた、私が誰だか知らないの？」

「知っているとも。でも、それときみの犯した罪は関係がない」

「なんのことかしら、さっぱり分からな――」

突然、エルフィリアは自分の体が地面に縫《ぬ》い付けられたように感じた。

実際は両肩を触れているだけなのだが……。

少年騎士のまっすぐな目がエルフィリアを見つめる。

光を吸い込むような漆黒《しっこく》の瞳に、彼女は怯《おび》えている自分の姿を見た。

（ど、どうしたのよ、私ったら……こんな体が大きいだけの子供を怖がったりして！）

エルフィリアは恐怖を抑え込み、背の高い少年騎士をにらみ返す。

自分は王族で、王女様で、誰も逆らえない地位と権力の持ち主なのだ。

こんなところで、どこの馬の骨とも分からないやつに負けていられない。

「は、はっきりと言うわ！　私は悪いことなんて何も――」

そのときだった。

少年騎士の眼光がエルフィリアの体を鋭く貫いた。

全《すべ》てを見透かされているかのようだった。着ているものを全てはぎ取られ、一糸《いっし》まとわぬ姿で外に立たされているかのようだ。汗まみれになって熱くなった肌が、外気にさらされて冷えていく感覚さえある。

少年騎士が言った。

「嘘をつくな、エルフィリア」

その言葉が決定的なものになる。

瞬間、エルフィリアの体の奥深くから、強烈な衝撃が湧き上がってきた。その衝撃はへその下から頭のてっぺんまで駆け抜け、そこからさらに両手両足の先端までに及ぶ。そのすさまじさたるや、膝がガクガクと痙攣《けいれん》したかのように震えだしたほどだ。

嘘を咎められた。

呼び捨てにもされた。

どこの誰かも分からない子供風情《ふぜい》に！

それなのに抵抗する気がわいてこない。エルフィリアは全身を襲った甘いしびれに耐えるので精一杯だ。自分の体をぎゅっと抱きしめて、体の奥底からあふれてくる感情の本流を抑え込もうとする。

こんな感覚は初めてだった。悪戯を成功させたときの比じゃない。あんなものはその場しのぎの紛《まぎ》らわしでしかなかった。でも、今まさに自分の体を襲っている衝撃は、一向に終わりが見えてこず、十歳の幼い体を突き上げ続けている。

「あっ♥　んっ♥　んんんんんっ♥」

そうして、ついに限界がやってくる。

エルフィリアは耐えきれず、その場にぱたりと倒れてしまった。

頭はぼーっとして、へその下あたりがジンジンしている。

「大丈夫ですか、王女様⁉」

険しい表情から一転、心配そうな顔をする少年騎士。

彼はおもむろにエルフィリアの体を抱え上げて走り出す。

その間にも、彼女の体は甘いしびれに襲われ続けていた。

（王女様なんて、そんな他人みたいに呼ばないで……）

エルフィリアは少年騎士の胸板に顔を埋める。

(もっと、私のことを厳しく叱って……)

バラ園の迷路を駆け抜けながら、少年騎士がぎこちない笑顔を見せる。

「ご心配なく。ご家族のところにお連れいたします」

「んぁっ♥ くっ♥ そ、そうじゃっ……あんっ♥」

エルフィリアは気持ちを伝えたいのにどうしても言葉にならない。

そうこうしているうちに、二人は王宮まで戻ってきてしまった。

教育係と使用人たちが集まってきて、立つこともままならないエルフィリアを引き取る。

少年騎士の方も同行していた騎士団長に連れ帰られることになった。

「待って……んっ♥ お願い、だからっ♥」

エルフィリアは必死の思いで少年騎士に声を掛けようとする。

自分の罪を認めて謝りたい。

間違いに気づかせてくれたことを感謝したい。

ぶっきらぼうに呼び捨てにされて、もっともっと情けない自分を叱ってほしい。

それなのに……甘いしびれに負けて、エルフィリアは一つも気持ちを伝えられなかった。少年騎士の名前がアレン・ブラキッシュであり、王立騎士団に所属する正真正銘《しょうしんしょうめい》の騎士だと分かったのは、それからしばらくあとのことだった。

エルフィリアは夜な夜な、アレンに罪を咎められたときのことを思い出した。

（あの人のことを思い出すだけで、体の奥から甘いしびれがよみがえってくる。王女様なんかじゃない……情けなくて、醜《みにく》くて、汚れている、そんな私をまた叱ってほしい！）

切なくもどかしい夜を過ごすうちに、エルフィリアはようやく気づいた。

自分は完璧《かんぺき》でもなければ強くもない。間違ったことをしたら指導してもらい、悪いことをしたら叱ってもらう……そういう当たり前なことが自分には欠けていた。生きるのに必要なのは地位でも権力でもない。未熟な自分を支えてくれる人生のお手本たちだ。

そうして、エルフィリアは目覚めることができた。

教育係や使用人、そして王宮で生きる大人達の言葉に耳を傾け、そして同世代の友人たちとは友情を育《はぐく》んだ。そうしていくうちに王女としての自覚も芽生《めば》えてきた。頼りなくもろい自分が生きていられるのは、身近な人たちが……この国そのものが支えてくれたからだ。

あのときよりはまともになれたかもしれない。

でも、やっぱり……アレンに叱られたときの快感が忘れられない。

出会ってから一日たりとも、あの少年騎士を忘れたことはなかった。

だからこそ、アレンが遠征中に事故に巻き込まれて、騎士として生きることを諦めていると知ったときには、今こそ恩を返すときだと思い立った。後継者争いが起こっていなかったとしても、エルフィリアはアレンを護衛官として雇っていたことだろう。

アレンがそばにいるだけで、十歳の体に刻み込まれた甘いしびれがよみがえる。

後継者争いに対する不安もあるが、エルフィリアは今が一番幸せなのだった。


エルフィリアの昔語りが終わる。

彼女は紅茶を一口飲み、ホッとした様子で息を吐いた。

「どうかしら、語ってみたのだけれど？」

「は、はい……その……」

なれそめ話をせがんだレベッカは、話の途中からすっかり赤面してしまっていた。

エルフィリアの顔を見ることができず、スカートの裾《すそ》をぎゅっと握りしめ、内ももをモジモジとさせている。

意外なのはマリーまでも顔を真っ赤にしていることだ。

何かにつけて開けっぴろげな彼女も、昔語りを聞かされるのは慣れていないらしい。

「王女様は、なんというか……本当にアレン様のことが好きなんだね」

「私を目覚めさせてくれた人だもの。もちろん、大好きよ」

恥ずかしげもなく言ってくれるエルフィリア。

それを聞いたレベッカの頭から湯気が出た。

「あ、あの……その好きっていうのは、なんというか……」

「ふふっ、どうなのかしらね？」

そう言いながら、エルフィリアがなぜかアレンの方を見てくる。

アレンは正直な感想を述べた。

「短い時間の出会いにもかかわらず、そこまで詳細に覚えていただけていて光栄です」

エルフィリアと再会したあとだからこそはっきり思い出せるが、それでもやはり彼女の想いの強さには敵《かな》わない。

「これだけ大切に思ってもらえて、俺もすごく幸せです。両足に後遺症が残ったとき、俺は自暴自棄《ぼうじき》になっていました。周囲の人の優しさにも気づけなかった。そんな状態から変わることができたのも、全てはエルフィリア様のおかげです」

「んっ……」

そのとき、不意にエルフィリアの顔がポッと赤くなった。

もしかして、純粋に恥ずかしがる彼女を見るのは初めてじゃないだろうか？

白雪のような肌を桜色に染め、青色の瞳をせわしなく動かしている様子は、さながら意中の人に恋心を悟られた少女のようだ。そんな初々《ういうい》しい姿が可愛《かわい》くて、ついついアレンの方まで照れてしまいそうになる。

（しまったな、俺はエルフィリア様の騎士なのに……）

美しさに感動したり、可憐《かれん》さに惚《ほ》れ込むことは、女性を敬《うやま》うことを信条にする騎士道にも当てはまる。でも、この瞬間に自分が感じているものは、そういった形式張ったものからは大きくかけ離れているように感じられた。

可愛い……いや、それを通り越して愛《いと》おしい。

この場で抱きしめて、正直な気持ちを伝えたい。

許されざることとは分かっているが、そんな衝動に突き動かされてしまいそうだった。

「ぐすっ……エルフィリア様のお話は、何度聞いても泣けますねぇ……」

いつの間にやら、ハンカチを片手に号泣しているクローネ。

「泣きはしないでしょ、泣きは……」

マリーがしらーっとした顔で突っ込む。

レベッカが「あはは……」と苦笑いしていた。

和《なご》やかな空気が戻ってきて、アレンの中の衝動も大人しくなる。

「さあ、お菓子もまだ残ってるし、紅茶ももう一杯飲みましょう」

エルフィリアに促されてティータイムが再開される。

泣いているクローネに代わって、マリーが紅茶のおかわりを入れてくれた。

思わぬ来訪者が現れたのはそのときである。

「どうしたことかしら。先客がいるじゃない」

休憩所にやってきたのは、第一王女のガブリエラ・ヴァージニアだった。
今日も今日とて、彼女は金ぴかのドレスに身を包んでいる。
私が一番だと言わんばかりの自信満々の表情だ。
「アレン殿、奇遇ですね！」
元騎士の女護衛官、ダイアナ・ローランももちろん一緒である。
湖畔《こはん》を駆け抜ける涼やかな風に淡いピンク色の髪がなびいていた。
彼女たちもティータイムをするつもりか、大勢のメイドに荷物を持たせている。
「んなっ‼」
突然、おかしな声をあげるガブリエラ。
彼女の視線はなぜだかレベッカの方に向いていた。
第一王女の彼女が、どうして一介《いっかい》の女子学生を気にするのか。
（やっぱり、そういうことなのか？　でも、あからさま過ぎるよなぁ……）
アレンは視線だけ動かして、エルフィリアの反応を確認する。
けれども、彼女は和やかに微笑《ほほえ》んでいるだけだった。
聡明なエルフィリアのことだから、何も気づかないはずはないのだが……。
「ここは私の特等席よ。どきなさい、エルフィリア」
ガブリエラがいきなり横暴なことを言ってくる。

「私は毎週、この時間、必ず、ここでティータイムを楽しんでいるの」

「そうだったのですね。申し訳ありません、お姉様」

「分かったなら、さっさと荷物を畳《たた》んで失せなさい」

「それはできません」

きっぱりと断るエルフィリア。

彼女の発言に一番驚いたのは、他でもないガブリエラだろう。

こぶし大のシュークリームを丸呑《まるの》みにできそうなほど口が開いてしまっている。

王位継承権第一位の王女として、その顔は如何《いかが》なものか……。

エルフィリアが紅茶を飲みながら淡々と説明する。

「王女個人の所有物である王女宮とは違って、王女区画の施設はここで働く全《すべ》ての人たちのものです。そして、施設を使うためには予約が必要になっています。ガブリエラお姉様は予約をなさいましたか？」

「い、いらないわよ、そんなもん！」

ガブリエラが八重歯《やえば》を剝《む》き出《だ》しにする。

「実際、ここは私が毎週使ってたわけだし！」

「それは他の方々が遠慮《えんりょ》されていたからです」

「せ、せめて事前にひとこと言っておきなさいよ！」

「お手紙はお送りしたはずですが？」

「えっ⁉」

ダイアナの方に振り返るレベッカ。

「私はお渡ししたはずなんですが……」

「あっ──」

どうやら、思い立った節があるらしい。

ガブリエラが顔を赤くして、気まずそうにこほんと咳払《せきばら》いした。

「きょ、今日のところはこのくらいにしておいてやるわ」

なんだそれ、という空気が周囲に広がる。

（ここは一つ、ガツンと言ってやるべきじゃないか？）

アレンがそう思って、腰を上げようとしたときだった。

「せっかくですから、お姉様もご一緒なさりませんか？」

エルフィリアから思わぬ提案があった。

本当に心が広いお方だな、とアレンは感心する。

「それはいい！　そうしましょう、ガブリエラ様！」

主君そっちのけで盛り上がり始めるダイアナ。

お姉さんっぽい雰囲気《ふんいき》の中に残る無邪気なところが彼女の魅力だった。

「私、アレン殿に聞いておきたいことがあったんです！」

「お、俺にか？」

先ほどだって王立騎士団時代のことを根掘り葉掘り聞かれたばかりである。

ダイアナが前のめりになり、テーブルに手をついて聞いてきた。

「あの『王女様の秘密シリーズ』を愛読しているというのは本当ですか⁉」

「ええっ？」

アレンは面食らってしまう。

ダイアナが興味を示すことといったら、体を動かすことか、美味《おい》しいものを食べることくらいで、彼女が恋愛小説を読んでいるなんて聞いたこともない。

「確かに読んでる。エルフィリア様から貸してもらってな」

「本当ですか⁉」

「キャラクターが魅力的に書かれていて、男の俺でも十分に楽しめるな。恋愛要素についてはそんなにはまれてないが……そういうダイアナも読んでるのか？」

「い、いえっ！　あんな過激なもの、読みたくても読めませんっ！」

「まあ、そうだろうな……」

ダイアナの純情さといったら、間違いなくアレン以上だ。

包容力はあるのだが、こと恋愛関係になると疎《うと》いどころの話ではない。

王立騎士団時代も片《かた》っ端《ぱし》から交際や婚約の誘いを断っていたようだった。

「あらましくらいなら教えられるが？」

「し、知りたいような、知りたくないような……うわっ⁉」

悩ましい顔をしているダイアナの腰……というか尻にガブリエラが抱きついてくる。

主人そっちのけになっていたことをすっかり忘れていたようだ。

ガブリエラが子供のようにほっぺたを膨《ふく》らませている。

「ダイアナ、さっさと帰るわよ！」

「ティータイムにご一緒なさらないのですか？」

「するわけないじゃない、バカっ‼」

エルフィリアをエメラルド色の瞳でにらみつけるガブリエラ。

「覚えておきなさい。姉は妹の情けを受けないの！」

彼女はそう言うと、ダイアナと大勢のメイドを引き連れて去って行った。

その背中を見送りながら、エルフィリアが落ち込んだ顔をする。

「お姉様のプライドを傷つけてしまったかしら……」

「俺も長男ですから、弟妹に負けたくない気持ちは分かります」

アレンは慰めたい一心で、彼女の小さな手に自分の手を重ねた。

「ですが、それは乗り越えなければいけないことです。弟妹よりも優れた人間になろうと努力し続けるか、自分の得手不得手《えてふえて》を見極めて生き方を見定めるか……自分で決めなくてはいけない。自分より優れている後輩なんて、いくらでも出てくるわけですからね」

「アレンでも追われる焦りを感じたことがあるの？」

「もちろんです。ダイアナなんか、よい例です」

王立騎士団時代、アレンとダイアナは互角の戦闘力を誇っていた。

両足に後遺症が残った今、まともにやったら勝つのはかなり難しいだろう。

「んにゃ――――――っ‼」

突然、マリーが猫じみた声を上げる。

「王女様も、アレン様も、お菓子食べよっ！　紅茶も飲もっ！」

「そうですっ！　まだ時間もありますしっ！」

レベッカも同意して大きくうなずいた。

「私、お取り分けいたしますね！」

クローネがトングを手に取り、ティースタンドのお菓子を選び始める。

彼女たちのおかげで楽しいティータイムの雰囲気が戻ってきた。

「そうね、私もまだまだ話し足りないわ」

エルフィリアも笑顔になり、アレンはホッと胸を撫《な》で下ろす。

楽しい時間はこれからしばらく続きそうだ。

「ねえ、アレン」

そう思った矢先、エルフィリアが耳打ちしてくる。

「夕食後、尋問室に来てちょうだい」


アレンは夕食後、言われたとおりに尋問室を訪れた。

新しい刺客《しかく》が捕まったという話は聞いていない。

それ以外でも重要な話でも、結界魔法で守られているエルフィリアの部屋が最適だ。

(それなら、一体全体何をするつもりなんだ？)

アレンは疑問を浮かべながら、尋問室の鉄格子《てつごうし》を押し開ける。

エルフィリアは尋問室の真ん中で、自ら持ち込んだ椅子《いす》に腰掛けて待っていた。

部屋着には着替えておらず、外出時のロングドレスのままである。

クローネも付き添っていたが、アレンと入れ違いで出て行ってしまう。

尋問室の外で見張ってくれるのだろう。

「お待たせいたしました、エルフィリア様」

「時間が惜しいわ、アレン。早速本題に入りましょう」

エルフィリアが椅子の上で足を組み替える。

「週明けの予定が決まったの。魔物の被害から復興中の村を慰安《いあん》訪問するわ」

「慰安訪問……それは危険すぎます！」

安全なはずの王女宮にすら刺客が送り込まれてくるのである。

「こんなときに遠出をするなんて、襲ってくださいと言っているようなものです。すぐにでも国王様を説得して、公務を取りやめてもらうべきです！」

「これはね……私から申し出たことなの」

「エルフィリア様から⁉」

刺客の脅威《きょうい》を一番理解しているのは彼女自身のはず。

困惑するアレンに対して、エルフィリアが説明を始める。

「ならず者や魔物に襲われた村々のことは、私の耳に逐一《ちくいち》入るようになっているわ。本当は全ての村々を回って、励《はげ》ましたいと思っているのだけど、なかなか丸一日の遠出は難しくて……でも、ようやく慰安訪問の日取りが決められたの」

「どうして、それほどまで……」

理由を尋ねてしまってから、アレンはふと当たり前のことを思い出す。

エルフィリアがティータイムのときに言っていたことだ。彼女は自分一人では生きられないことを知り、王女としての自覚を持ったのである。エルフィリア・ヴァージニアは決して、自分の将来だけを考えていればいい普通の女の子ではないのだ。

「それに危険な目に遭《あ》うなら、王位継承権第二位の私であるべきじゃないかしら」

少なくとも王位継承権第一位のガブリエラは危険な目に遭わせられない。

彼女がそう言いたいのはアレンにも分かった。

「それでも俺は反対します！　慰安訪問は中止するべきです。今度は命を狙われる危険だってあり得ますし、それにおそらく黒幕の正体は──」

「アレン！」

エルフィリアが「それ以上はやめて」と言わんばかりに首を横に振る。

彼女は信じているのだ。

黒幕が心を改め、二度と刺客を送ってこないことを……。

「これでは平行線ですね」

アレンはふーっと大きなため息をつき、そしてエルフィリアの顔色を窺《うかが》う。

こちらは護衛官で、彼女は雇い主なのである。こんな相談をせず、ただ単に「慰安訪問をするから護衛しなさい」と言えばいいのだ。わざわざそうしないのだから、彼女なりの考えがあってのことなのだろう。

「それなら、こうすることにしましょう」

エルフィリアから早速提案が飛び出してくる。

「アレン、私のことを尋問しなさい」

「……やはりそう来ましたか」

「制限時間は深夜十二時の鐘の音がなるまで。それまでに私を屈服させられたら、慰安訪問は大人しく諦めることにするわ。でも、それができなかったら……あなたには慰安訪問の間、私の護衛をしてもらう」

「分かりました。やりましょう」

アレンは尋問室の壁に掛かっている時計を確認する。

深夜十二時まで残すところ三時間。

短くはない時間だが、尋問するとなったら一秒でも惜しい。

「ふふっ……そうこなくっちゃ♥」

艶《つや》のある唇をぺろりと舐《な》めるエルフィリア。

彼女はアレンに背を向けて、座っていた椅子の背もたれに両手をつく。

臀部《でんぶ》を突き出す姿勢になり、ロングドレスのスカートにくっきりと形が浮き上がった。

「さあ、存分に叩いてちょうだい♥」

エルフィリアが手慣れた様子でスカートの裾《すそ》をするするとたくし上げる。

露わになった肉付きのよい生尻は、すでにしっとりと汗ばみ、照明の光で妖しげにつやつやと光っていた。彼女の尻は美しいだけの満月ではない。見るものを誘惑する魔性の月であり、甘い蜜をまとっている禁断の果実だった。

身につけている下着は卑猥《ひわい》の一言に尽きる。白くなめらかなエルフィリアの柔尻《やわしり》に、漆黒《しっこく》のレース生地がキュッと食い込んでいた。彼女がこんなものを昼間から身につけ、平然とティータイムを楽しんでいたのかと思うと、相手が一国の王女であることを忘れて、その思うところを問いただしたくなってくる。

アレンの『弱点を見抜く力』も、先ほどからエルフィリアの生尻に反応しっぱなしだ。尻叩きを一度経験して慣れるどころか、むしろ敏感になっているようにすら見える。こうして生尻を外気にさらしているだけでも相当な刺激を感じていることだろう。

「アレン、どうしたの？　時間がなくなるわよ？」

「エルフィリア様、俺はあなたの尻を叩きません」

「えっ⁉」

困惑するエルフィリア。

アレンはその場から動かず、ただ彼女の姿を眺め続ける。

「もちろん、呼び捨てにすることも、強気な態度で迫ることもしません。ただし、エルフィリア様が慰安訪問を中止してくださるなら、喜んであなたの尻を叩き、呼び捨てにし、強気な態度で迫りましょう」

「そ、そんなっ――」

エルフィリアの顔が絶望で青ざめる。

この勝負は元から彼女に有利……というより有益だった。屈服するにしろ、しないにしろ、久しぶりに叱ってもらえるのである。慰安訪問という大義にかこつけて、自分の欲求を満たそうとするなど、王族にあるまじきわがままではないか。

（……と、本来なら軽く揺さぶりをかけていたところだろう）

エルフィリアを普通に尋問したところで、結局は彼女を喜ばせてしまうだけだ。尋問に耐えようというモチベーションもかなり高い。それなら、あえて尋問しないという手段で、彼女の心を徹底的にくじくのみだ。

「私を……放置責めしようというのね？」

ここからはもう、エルフィリアの質問にすら答えるつもりはない。

アレンは沈黙を貫き、ひたすらに彼女を見守り続ける。

「くっ……うううっ……」

思惑《おもわく》を完全に潰されて、エルフィリアがうめき声を漏《も》らす。

「め、命令よっ！　私の尻を叩きなさいっ！」

「…………」

アレンは徹底して彼女の言葉を無視する。

言葉では通じないと悟ってか、エルフィリアがゆさゆさと尻を左右に振り始めた。

彼女はそれで挑発しているつもりなのだろう。おそらくは「王女様にあるまじき、なんて下品な動きなんだ！」と言ってほしかったのかもしれない。けれども、こちらは絶対に反応しないと決めたので、エルフィリアが一人で滑稽《こっけい》な動作を繰り返すだけだった。

結局、彼女はしばらくして尻を振るのをやめてしまった。

臀部を突き出す姿勢はたとえ動かなくても、そうしているだけで体力をかなり消耗《しょうもう》する。生尻から流れ落ちた汗が、きつく食い込んでいる下着と、太ももに貼り付いているシルクのストッキングに染み込んでいた。

そうして一時間が経過した頃、ついにエルフィリアが床に尻餅《しりもち》をついてしまう。

それから、どうにかよじ登るようにして椅子に腰掛けた。

足腰によっぽど力が入らないようで、だらしなく両足が開きっぱなしになっている。

「あ、あと……どれくらいかしら？」

時計の方に視線を向けるエルフィリア。

アレンは即座に彼女の視線を遮《さえぎ》るように立ちはだかった。

「ま、待って！　時間くらい見せてくれても――」

そして、エルフィリアの目元に真っ黒な布を巻き付ける。

この目隠しによって、彼女の視界は完全に遮断《しゃだん》された。ここで自分から目隠しをはずそうものなら、それは尋問に耐えきれなかったと判断してよいだろう。

「アレンっ！　そこにいるのよねっ？」

「…………」

アレンは息を潜める。

歩くときも足音を立てずに移動する。

視覚を遮断されたことで、エルフィリアの体はさらに敏感になっていることだろう。自分の着ているロングドレスの衣擦《きぬず》れすら、今の彼女にはむずがゆく感じられるはずだ。もちろん、その程度の刺激は尻叩きに遠く及ばない。

「んんっ♥　くっ、んんんんっ♥」

エルフィリアが悩ましげに身をよじる。

目隠しを自分で外せないように、彼女は自分の体を触ることもできない。

あえて両手を拘束《こうそく》せず、いつでもギブアップできる環境に置く。

これもエルフィリアを揺さぶるアレンの作戦だった。

（さあ、言えっ！　慰安訪問を諦めるから、尻を叩いてくださいと言えっ！）

けれども、事態は予想外の方向に進行する。

エルフィリアの尋問を始めてから、二時間が経過してしまったのだ。

退屈な時間が長く感じるのと同じで、視覚を遮断され、アレンに話しかけてもらえない状態の彼女には、一時間が二倍にも三倍にも感じられているはずだ。長時間の感覚遮断は不安を増大させるというのに……。

こうなると焦ってくるのはアレンの方だ。自分はエルフィリア・ヴァージニアという人間を見くびっていたのかもしれない。彼女には叱《しか》られたがりという悪い癖《くせ》があり、その衝動には絶対に耐えられないと思い込んでいた。

「アレン……アレン……んっ♥ はぁっ……アレンっ♥」

エルフィリアの心と体は間違いなく激しく揺さぶられている。目の前にえさをぶら下げられて、焦らされ続けるのは尋常《じんじょう》ではない苦痛だろう。彼女の全身に滲《にじ》んでいる汗は犬の垂らしているよだれのようなものだ。

アレンの名を甘ったるい声で呼び続けながら、けれどもギリギリの一線でおねだりの言葉を呑《の》み込んでいる。敏感になった自分の体を触りそうになっては、どうにか自分の手をつかんでは引っ込ませ、悩ましげに唇を嚙《か》みしめて耐えているのだった。

エルフィリアは本能と気高く戦っている。

彼女の覚悟が確固たるものであるのに疑いはない。

それなら、これ以上の苦痛を与え続ける意味はあるのか？

一度疑問を持ってしまったら、あとはもう決断は早かった。

「俺の負けです」

アレンはすぐさまエルフィリアの目隠しを外す。

目隠しに使った黒い布にも、彼女の汗がたっぷりと染み込んでいた。

エルフィリアはまぶしがり、ゆっくりと部屋の明るさに目を慣らす。

「まだ一時間あるようだけど……」

「俺の心が先に折れました。慰安訪問、護衛させてください」

「そう……分かってくれたのね」

嬉しそうに表情を緩《ゆる》ませるエルフィリア。

アレンは彼女の前にひざまずいた。

こうしていると、高級尋問官に指名されたときを思い出す。

「慰安訪問の護衛、クローネと一緒にお願いするわ。それと……ドレスを脱ぐのを手伝ってくれないかしら？　汗で生地が貼り付いちゃって、体に引っかかってしまっているの。このままだと気持ち悪いし……」

「かしこまりました！」

アレンはぎこちない手つきでエルフィリアのロングドレスを脱がしにかかる。

何度か手順を間違えたが、どうにか脱がすことには成功した。

「ふふっ……男の人に服を脱がされるなんて、思ってもいなかったわ」

エルフィリアがこれ見よがしにたわわなバストを抱き寄せる。

汗をたっぷりと吸った黒のブラジャーには、うっすらとピンク色の先端部が透けていた。

彼女の体からは果実酒にも似た芳醇《ほうじゅん》な香りが立ち上っている。

アレンはつい恥ずかしくなって目をそらしてしまった。

目をそらしたところで、エルフィリアのにおいや気配までは無視できないのだが。

「今回は、その、緊急事態でしたので……」

仕事モードが終わってしまった途端にこれである。

クローネを呼べばよかったな、とアレンは今更気づいた。

「さてと、深夜十二時まではあと一時間もあるわ」

エルフィリアが椅子《いす》の背もたれに手を突き、見せつけるように臀部《でんぶ》を突き出してくる。

かなりの体力を消耗《しょうもう》しているだろうに、彼女の生尻はぷるんとして張りがあった。

「さあ、尋問の続きをしましょう」

「えっ!?」

「まさか、ここまで来ておあずけをするつもりじゃないわよね?」

エルフィリアに問われ、アレンはもはや笑うしかない。

彼女にはやっぱり敵わないようだ。

「明日に響かない程度にならおつきあいします」

アレンは気持ちを仕事モードに切り替える。

「エルフィリア」

「は、はいっ♥」

「これから一時間、一瞬たりとも感じ逃すな」

「わ、わ、分かりましたぁっ♥」

官能のうずきが抑えられない様子のエルフィリア。

アレンは彼女の尻に向かって、力一杯に平手打ちを見舞うのだった。

5

女騎士は熱いのがお好き

慰安訪問に向かう朝、王宮の前庭は朝靄《あさもや》が立ちこめていた。

夜明けも間近という時刻で、東の空が少しずつ明るくなり始めている。

アレン、エルフィリア、クローネの三人は、出発の準備が終わるのを待っている。

第一王女自らの慰安訪問ということで、身の回りの世話をする従者たちの他、王立騎士団からも部隊が派遣されることになった。ただし、護衛は十人編制の一部隊のみと、エルフィリアの要望で最低限に抑えられている。

おまけに今日はかなりの強行軍だ。何しろ村に滞在する時間よりも、移動時間の方が圧倒的に長いのである。そんな無理をしてまでも、エルフィリアは魔物の被害で傷ついた国民を励《はげ》まそうとしているのだ。

（エルフィリア様の熱意に負けていられない！）

アレンがそうやって意気込んでいると、

「いよいよ出立《しゅったつ》のようね、エルフィリア」

女護衛官を何人か連れて、ガブリエラが王宮の前庭に現れた。

今日は珍しくダイアナを連れていないようである。

「見送りに来てくださったのですね、ガブリエラお姉様」

「可愛《かわい》い妹が務めを果たしに行くのだもの。もちろん見送らないとね」

ふんっ、と得意げに鼻息を荒くしているガブリエラ。

上から目線なのは相変わらずだが、今日は喧嘩《けんか》を売りに来たわけではないらしい。

ガブリエラが周囲をぐるりと見回す。

「ふぅん……護衛はあんまり多くないのね」

「王立騎士団のみなさんはご多忙ですし、私にはアレンとクローネがいますから」

エルフィリアが二人の護衛官を見やる。

クローネが背筋を伸ばし、右手を自分の胸に当てた。

「この命に代えてでも、エルフィリア様をお守りいたします」

「俺もエルフィリア様を守り通すことを誓います」

アレンはロングソードを腰から提げている他、新品の金属鎧《よろい》を身にまとっている。

これは今日のためにエルフィリアがあつらえてくれたものだ。

「そう、心強いわね」

余裕の笑みを浮かべているガブリエラ。

そのとき、従者の一人から準備完了の報告があった。

アレンたちが馬車に乗り込むと、馬車の一団が王宮から出発する。

「頑張ってらっしゃい。何事もなければいいけどね」

ガブリエラが馬車を見送りながらほくそ笑む。

王宮から馬車が出払うと、気が抜けたのか、ふわぁ～と大きなあくびをした。


道中は順調に進み、馬車の一団は予定通りの時刻に目的地の村に到着した。

そこは大きな川の近くにある、人口百人ほどの小さな村落である。魔物に襲撃されて全村民が避難していたが、王立騎士団が魔物を退治したことにより、三ヶ月ぶりにようやく村に戻ってこられたのだ。

村の外に馬車を止めて、一同は数時間ぶりに地面を踏む。

そこで目に飛び込んできたのは、懸命に村を復興させようとする人々の姿だった。

村の現状は酷《ひど》いとしか言いようがない。家屋のほとんどは倒壊し、畑の作物は食い荒らされている。それでも村人たちは家を建て直し、荒れた畑を再び耕《たがや》して、どうにか今まで通りの生活を取り戻そうとしていた。

「ようこそ、お越しくださいました」

アレンたちが村の入口まで向かうと、そこでは初老の男性が出迎えてくれた。

どうやら、彼がこの村の村長であるらしい。

「王女様に来ていただけるだなんて……うう っ……」

エルフィリアを前にして、いきなり涙ぐんでしまう村長。

そんな村長の手をエルフィリアが握りしめる。

「私にできることがあったら、どんなことでもおっしゃってください」

「それでしたら、皆の衆にぜひともお顔をお見せください。今すぐ集めますので！」

「いいえ、それには及びません。私がみなさんのところを回ります」

「で、では、ご案内いたします！」

こうして、一同は村長の案内で村を見て回ることになった。

村人たちを全員呼び集めて、復興の手を止めさせてしまうのは忍びない。

アレンにはそんなエルフィリアの配慮《はいりょ》を感じ取れる。

家を建てている現場に向かうと、村人たちが早速集まってきた。

「こんなへんぴなところによくいらっしゃいました！」

「王女様と会えるだなんて、まるで夢のようです」

「おもてなしもできないのに……でも、どうか村を見ていってください」

エルフィリアは村人たちのひとりひとりと交流していった。

畑を耕している人も、家を建てている人も、料理を作っている人も、彼女は分け隔《へだ》てなくふれあっては、懸命に励ましといたわりの言葉をかける。

そうこうしているうちに正午を回り、エルフィリアは村人たちと昼食を準備した。かまどで焼いたパン、干し肉とわずかな野菜のスープ、馬車に積んできた保存食……これが復興中の村で準備できる精一杯だったが、これが驚くほど美味《おい》しく感じられた。

「みんな、いい笑顔をしていますね」

アレンは一足先に食事を済ませ、村の真ん中にある広場で辺りを見回している。

エルフィリアは村の子供たちと一緒に食事を摂《と》っていた。

それこそ、彼女はよちよちあるきの赤ん坊からも大人気である。

「皆はとても頑張ってくれています」

涙もろい村長が感慨《かんがい》深そうに言った。

「それぞれの家族が住める家もなく、食料も限られていて、子供から老人までみんな働き通し……それでも、自分たちの村に帰ってきてくれたことが嬉しいのです。それもこれも、魔物を退治してくださった騎士様たちのおかげです」

村長はどうやら、アレンも王立騎士団の一員だと勘違いしているらしい。

あえて否定はせず、ここはありがたく気持ちを受け取ることにする。

「国民のみなさんを守ることが、俺たち王立騎士団の使命ですから」

「どうか騎士様、王女様のこともお守りください」

アレンを見上げる村長の目からは願いの強さが感じられる。

初老とは思えない、若者に決して負けない熱意があった。

「あのお方はきっと……いや、絶対にヴァージニア王国を背負って立つことになります。私は短くない人生を生きてきましたが、王女様ほど優しいお方と出会ったことはありません。王女様を見ていると、この国はもっと幸せになれると……そう思えるのです」

「任せてください。俺たちが絶対に王女様を守ります」

アレンはまっすぐに村長の目を見て答えた。

エルフィリアが後継者争いを好まず、玉座に興味がないことは知っている。このまま何も起こらなければ、王位を継ぐのは姉のガブリエラだ。そして、エルフィリアもガブリエラが王位を継ぐことを望んでいる。

（でも、俺だって王位を継ぐならエルフィリア様が……）

アレンは余計な考えを振り払った。

こんなことは護衛官の考えるべきことではない。

昼食を終えると、エルフィリアは村の見回りを再開した。長距離の移動に加えて、午前中から歩き通しにもかかわらず、彼女は疲れた顔一つしていない。子供たちと一緒にハーブを摘《つ》んで、お得意の石鹸《せっけん》作りまでしてしまう活躍ぶりだ。

精力的に村人たちと交流し続け、エルフィリアがようやく一息つけたのは、帰り支度《じたく》を始めなければいけない日没間際のことである。

アレン、エルフィリア、クローネの三人は、村の近くにある大きな川のそばで一休みすることにした。村の方では世話係の従者と騎士たちが撤収《てっしゅう》の準備をしてくれている。川面《かわも》に夕日が反射して、ため息が出そうなほど美しい光景だった。

実際、ため息の一つもつきたくなる。

今回の慰安《いあん》訪問は始終和《なご》やかだったが、それでもやはり疲労はたまるものだ。従者や騎士を含めても、一番元気だったのはエルフィリアかもしれない。

「エルフィリア様、本日はお疲れ様でした」

主人をいたわるクローネ。

エルフィリアがクスッと思い出し笑いをした。

「クローネもお疲れ様ね。赤ちゃんのお守りは大変だったでしょう？」

村を見回っているとき、一人だけメイドの姿をしていたクローネは、村中の奥様からやたらと赤ちゃんをだっこさせられていた。しかし、赤ちゃんはそろってクローネを怖がり、だっこされると必ず泣き出してしまっていた。

「子守は専門外でしたので……」

クローネがしょんぼりと肩を落とす。

赤ちゃんに懐かれなかったことが、彼女には結構ショックだったらしい。

「もしかしたら、あなたが武器を隠していたことが、赤ちゃんには分かっちゃったのかもしれないわね。小さな子供って、そういうところに敏感だったりするもの」

「……そうであることを願います」

エルフィリアに慰められて、クローネの顔に少し元気が戻ってくる。

こうして見ていると、まるでエルフィリアの方が年上であるかのようだ。

普段は凛々《りり》しいクローネにも、女の子っぽいところが多々見受けられる。

アレンは頃合いを見計らって、できるだけさりげなく質問した。

「今回の慰安訪問、エルフィリア様はどうでしたか？」

思い出されるのは村長の言葉だ。

エルフィリアが王位を継ぐことを望んでいる人がいる。

聡明な彼女のことだから、言葉で聞かずとも、村人たちの気持ちは分かったはずだ。

「本当に来てよかったわ。あんなに喜んでもらえたんだもの」

エルフィリアが本当に嬉しそうに川辺でステップを踏む。

彼女の笑顔は学芸会を成功させた女子学生のようで、一国の責任の一端を担《にな》っているとは思えないほど無邪気だ。

「それに……国のするべきことも新たに分かったわ」

「するべきこと？」

「魔物やならず者の被害に遭《あ》った国民の支援……この目で実態を目《ま》の当たりにして、その重要性を痛感したわ。王宮に戻ったら、すぐにお父様に報告するつもりよ。でも……すぐに解決するのは難しいと思うわ」

エルフィリアの言いたいことはアレンにも分かる。

国王は王立騎士団や地方の自警団を強化し、魔物やならず者の脅威《きょうい》を最小限に抑えようとしている。それに加えて、被害に遭ったものたちを片《かた》っ端《ぱし》から保証していては、予算も人員もいくらあっても足らない。

「ヴァージニア王国は決して貧しい国ではないわ。でも、全《すべ》ての国民を守り切れるほど豊かでもありません。この国全体を豊かにする……それはとても地道で、お父様の代だけで簡単に成せることではないでしょう」

「それはつまり……」

王位を継いだとしたら、それが自分の使命になるということか？

アレンの心の声が聞こえたかのようにエルフィリアが答える。

「私は王位を狙うつもりはないわ。でも、今日の慰安訪問で少し気持ちが変わったの。国民が私の活躍を望んでいて、もしも王位継承権が回ってくるようなことがあれば……そのときは女王になる覚悟を決めてもいいかと思ったの」

未来を語る彼女の横顔はいつにも増して大人びている。

アレンはその場にひざまずかずにはいられなかった。

「そのときはアレン・ブラキッシュ……エルフィリア様に一生お仕えいたします！」

「……っ♥」

エルフィリアが一歩後ずさる。

どうしたのかと思って見上げると、彼女は顔を赤くしてゾクゾクと身を震わせていた。

恥ずかしげに口元を手で隠し、こちらと視線を合わせまいとしている。

「もしかして……ご迷惑でしたか？」

アレンはつい不安になって聞いてしまう。

よくよく考えてみれば、自分はなんとも微妙な存在だ。両足に残った後遺症のせいで、護衛官の務めを完全には果たせない。かといって、エルフィリアが王位を継いだら……後継者争いに終止符《しゅうしふ》が打たれたら、高級尋問官という秘密の役職は不要になる。

（そうなったら、俺にはエルフィリア様にお仕えする資格がない……）

アレンがそうやって思い詰めていると、

「あなたってたまにすごく意地悪なことを言うわよね」

エルフィリアから思ってもいない言葉が聞こえてきた。

「アレンみたいに優しくて、頼りがいがあって、ときには厳しく叱《しか》ってくれる人から、一生お仕えいたします……なんて言われてしまったんだものっ♥　そんなの嬉しいに決まってるじゃないっ♥」

心を落ち着かせようとしてか、エルフィリアは自分の体をきつく抱きしめている。

彼女の吐息は熱っぽく、唇を艶《つや》っぽく濡らしていた。

青色の瞳は物欲しげに、そして切なそうに潤んでいる。

「私にここまで説明させるなんて……んっ♥　尋問してるわけでもないのにっ♥」

「も、申し訳ございませんっ……」

「こういうときは謝っちゃダメよ？　私は嬉しいと思ってるんだもの♥」

「喜んで仕えさせていただきます！」

どうやら自分は思った以上に能力を買われているらしい。

ここは自信を持たせていただこう、とアレンは素直に受け入れる。

そんな一方で、クローネがハンカチで涙を拭《ぬぐ》っていた。

「エルフィリア様……本っ当に立派になられました！」

「クローネ、あなたには心配させてしまったわね」

エルフィリアの表情から色気が抜けて、いつもの優しく大人びた彼女に戻る。

それから、ようやく立ち上がったアレンに説明してくれた。

「私とクローネは六年前……あなたと出会ったすぐあとに出会ったの。当時の私は立ち直ろうとしているところでね、彼女はそのときから、私のメイドで、護衛官で……そして、大切な親友だったわ」

「エルフィリア様っ！」

泣き止んだはずなのに、また目を潤ませてしまうクローネ。

エルフィリアが必死に立ち直ろうとする様子を間近で見てきただけあり、彼女が王族としての自覚を持ち、実際に行動を起こせるだけの力を得た姿を目の当たりにしたからか、その感動もやはりひとしおなのだろう。

「私、もう、嬉しくて……嬉しくて……はっ！」

クローネが急に泣き止んで振り返る。

瞬間、川辺に広がる木立の陰から、十人ほどの人影が飛び出してきた。

アレンはとっさに腰のロングソードを抜いて構える。

突如として出現した正体不明のものたちは、人相を鉄仮面やマスクで隠し、黒ずくめの服装の上から胸当てや手甲《てっこう》で身を固めていた。剣、槍、斧《おの》……バラバラの武器で武装しており、こちらにめがけて猛然と接近してくる。

帰り間際の襲撃、しかも騎士たちが離れているタイミング。

(このときをずっと待っていたってわけかっ！)

襲撃者の出現に遅れること数秒、村の方から騎士たちが駆けつける。

そこからは激しい乱戦になった。

「アレン様はエルフィリア様をお守りください！」

クローネがメイド服の下から大振りのナイフを二本取り出す。

それから、襲撃者をまとめて二人も相手にし始めた。

「エルフィリア様は俺の後ろに！」

「は、はいっ……」

アレンは川を背にして、エルフィリアの前で仁王立《におうだ》ちする。

文字通りに背水の陣だ。

考えれば考えるほど、襲撃には絶好の立地である。

「下手《へた》に動けば狙われます。俺が守りますから、絶対に離れないでください！」

「わ、分かったわ……。アレン、あなたに任せるわ」

落ち着いて応じてくれるエルフィリア。

そのとき、二人の前に鉄仮面をかぶった襲撃者が接近してくる。アレンと同じくロングソードを装備しており、他の襲撃者たちとは違って、立派な金属鎧を身につけていた。二人は五メートルほどの距離を……お互いに一瞬で斬《き》りかかれる距離を置いて対峙《たいじ》する。

「なっ……その構えはっ⁉」

アレンは驚愕《きょうがく》させられる。

なぜなら、自分と襲撃者の構えが鏡映しのように同じだったからだ。

それはすなわち、相手は王立騎士団流の剣術を使うということである。襲撃者は元団員……いや、もしかしたら現役《げんえき》の団員の可能性もある。相手が両足の後遺症を知っていて、戦いを長引かせてきたら圧倒的に不利だ。

「貴様、何者だっ！」

「…………」

襲撃者が無言で斬りかかってくる。

ロングソードを数度打ち合って、アレンは相手がかなりの手練《てだ》れであることを察知した。暗殺者とおぼしき風体《ふうてい》をしているのに、驚くほど実直な剣の太刀筋《たちすじ》をしている。

(だが、俺の方の腕も鈍ってはいない……)

アレンはロングソードを振り上げて、襲撃者のかぶっている鉄仮面をはじき飛ばす。

瞬間、襲撃者が「きゃっ⁉」と女の子らしい悲鳴を上げた。

「き、きみはっ——」

アレンは目を見張る。

振り乱される淡いピンク色の髪、包容力を感じさせる優しい目。

鉄仮面の下から現れたのは、かつて共に戦った女騎士の顔だった。

「ダイアナ……」

「アレン殿、エルフィリア様をお引き渡しください」

ダイアナは一歩も退かず、敵対的な剣気を放ち続けている。

「まさか、きみが自ら出てくるとは……エルフィリア様を失脚させることが目的か？」

「その質問には答えられません」

「ダイアナ、今からでも退いてくれ。きみは汚れ仕事をするのには優しすぎる」

アレンの知っているダイアナなら、どんな目的があったとしても、昔の仲間を斬るような真《ま》似《ね》はできない。アレンだってダイアナを斬りたくはないが、少なくともこちらにはエルフィリアの盾になって死ぬ覚悟はある。

「くっ……」

覚悟の差を悟ってか、ダイアナが一瞬ひるむ。

アレンはその隙《すき》を見逃さず、すかさず彼女の持つロングソードをはじき飛ばした。

はじかれたロングソードが川辺に突き刺さる。

ダイアナが襲撃の手下たちに向かって叫んだ。

「作戦は失敗だっ！　退却っ！　退却しろっ！」

襲撃者たちに動揺《どうよう》が広がる。

聞こえてくる声は若い女性のものばかりだった。

「ダイアナ様、お助けしますっ！」

「私のことは構うなっ‼　一人も捕まるんじゃないっ‼」

ダイアナから檄《げき》を飛ばされ、襲撃者たちが一目散に逃げ出す。

王立騎士団から仕事場を移しても、彼女は新しい部下から慕《した》われているらしい。

アレンは戦ってくれていた騎士たちに呼びかけた。

「主犯格は捕らえたっ！　深追いする必要はないっ！」

部下たちが逃げ切ったことを確認して、ダイアナがその場に膝をついて降伏する。

彼女の顔は心配なほど青ざめてしまい、両肩は凍えているかのように震えていた。

「申し訳ございません、エルフィリア様……このようなご無礼を……」

「ダイアナ、顔を上げなさい」

エルフィリアが慈愛《じあい》に満ちた表情でダイアナの前に進み出る。

(自分を襲おうとした相手に対して、この優しい表情か……)

相も変わらず、エルフィリアの器《うつわ》の大きさには感心させられる。

二人のことを信じて、アレンはことの成り行きを見守ることにした。

「私は余計な後継者争いを止めたいと思っているの」

エルフィリアがダイアナの肩に触れ、そして震える手を握りしめる。

「そのためには、あなたから黒幕の名前を聞き出す必要がある。でも、安心してほしいの。あなたを尋問にかけても、酷《ひど》い怪我《けが》を負わせたり、心を傷つけたりすることはないわ。情報を聞き出したあとで命を奪うようなこともしない……それは絶対に約束する」

それを聞かされたダイアナは、今にも泣き出しそうに唇を噛《か》みしめていた。

これで大人しく話してくれたらいいのだが……。

話が終わったのを確認してから、クローネがダイアナを縄で拘束《こうそく》する。

エルフィリアがふぅと軽いため息をついた。

「さてと……帰ってからも忙しくなりそうね」

「高級尋問官の腕前、ご覧に入れます」

自分に活《かつ》を入れる意味も込めて、アレンは彼女の前で宣言する。

相手は第一王女付きの護衛官で、王立騎士団で活躍した女騎士だ。悪いことはできないが、忠誠心と我慢強さは並の人間の比ではない。肉体的にも精神的にも、その強靱《きょうじん》さは驚異的なものである。

(俺はきみから必ず黒幕の正体を聞き出す)

アレンはいつも以上に意思のこもった視線をダイアナにぶつけるのだった。


一同が王女宮に戻ったときには、すっかり空高らかに大きな月が昇っていた。

ダイアナが尋問室に連れてこられたことは、アレンとエルフィリアとクローネの三人しか知らない。身柄を拘束したあと、すぐに顔も隠したので、護衛してくれた王立騎士団の団員たちすらにも教えていなかった。

アレンはまず口頭質問を行ったが、やはりダイアナは情報を吐かなかった。

黒幕なんて存在せず、首謀者《しゅぼうしゃ》は自分だ――の一点張りである。

（こうなったら、やはり尋問をしていくしかないか……）

アレンは改めてダイアナの全身をよく観察する。

ダイアナは尋問室の中央に立たされ、手かせのはめられた両手を鎖で吊されている。

襲撃時から着替えさせられていないので、彼女は金属鎧を着たままだった。

口頭質問しているときから、嘘をついているかどうかは簡単に判断できた。しかし、その一方で弱点が全然見えてこない。レベッカのように魔力の込められた化粧《けしょう》によって、弱点が隠されている様子もなかった。

動揺はしているはずだ。その証拠として、ダイアナはたっぷりと汗をかいており、淡いピンク色の長髪がしっとりと濡れている。それでもなお弱点を見せないのは、彼女の鍛えられた精神力のなせる業《わざ》だろう。

「まさか、アレン殿に尋問されるとは思ってもいませんでした」

「俺もきみを尋問するとは思っていなかったよ」

アレンは尋問を始める前に一つ確認する。

「正直に話してくれないか？　黙っていてもきみのためにならない」

「……それはダメです。譲《ゆず》れないことなのです」

「エルフィリア様を連れ去ろうとするとき、きみは村人たちを人質に取らなかった。俺と戦ったときは、後遺症のある両足を攻撃しなかった。きみの中には騎士道が息づいている。本当は自分のしていることが間違っていると気づいているんだろう？」

ダイアナは答えてくれない。

アレンは今回も助手として控えているエルフィリアに声をかける。

「エルフィリア、鎧を外すのを手伝ってくれ」

「はいっ♥　かしこまりましたっ♥」

王宮に戻ってから尋問室に直行したあと、エルフィリアは慰安訪問のときから着ていたドレスを脱ぎ捨て、今日も下着姿になっていた。尋問は汚れることになる仕事だが、それにしても毎回驚くほどの思い切りだ。

アレンとエルフィリアは二人がかりで、ダイアナの金属鎧を取り外し始める。

肩当て、手甲、すね当て……パーツの一つ一つがずっしりとした重さだ。

アレンが最後のパーツである胸当てを取り外すと、

「んっ……ふぅ……」

ダイアナの体から濃厚な汗のにおいがむわっと立ち上ってきた。

彼女は金属鎧の下にぴっちりとした黒のボディタイツを身につけていた。金属鎧がこすれないようにして、かつ動きやすいインナーを選んだのだろうが、激しい戦闘と長距離の移動ですっかり蒸れてしまったようである。

「アレン殿……その、私、汗臭《あせくさ》いですよね……」

不安そうなダイアナの質問にアレンはあえて答えなかった。

実際のところ、汗臭いとは感じなかった。濃厚ながらも爽《さわ》やかさがあり、運動を終えたあとのようなすがすがしさがある。香水の使われていない女の子本来の……そして、アレンにとっては懐かしく穏やかな気持ちになれるにおいだった。

この子は可愛《かわい》い後輩だ、という気持ちを今は捨て去る。

(それでも……ダイアナの肉体美には惚《ほ》れ惚《ぼ》れとさせられるな)

全身がよく鍛え上げられており、薄手のボディタイツに引き締まったボディラインがくっきりと浮かび上がっている。

形のよい大きな上向きのバスト。キュッと絞《しぼ》られた腰回り。見ているとホッとするような安産型のお尻……強くて、優しくて、実は女の子らしい、そんなダイアナの性格そのものが形になったかのようである。

王立騎士団時代は全然意識していなかったが、こうして改めて見てみると、男としてはかなりそそられるものがある。これからは単なる後輩として扱うのは難しいかもしれない……そう思わされるだけの魅力が彼女にはあった。
ボディタイツも脱がそうと思ったが、どうやら彼女はそれを直に着ているらしい。
尋問するためとはいえ、完全に裸にすることはためらわれた。
(さて、とりあえず揺さぶりにかけてみるか……)
弱点が見えていなくても、尋問しているうちに見えてくるものもある。
それはレベッカを尋問したときに気づいたことだった。
アレンはダイアナに近づき、彼女の脇腹を指先でくすぐってみる。
「あんっ、ふっ……アレン殿、それ、くすぐったいですっ……」
子供のようにけらけらと笑っているダイアナ。
くすぐったがりはしているが、恥ずかしがる様子が一切ない。
(それなら、ここはどうだ?)
アレンは軽く爪を立てて、ダイアナの内ももを撫《な》で上げる。
途端、
「そ、そこはダメですっ!」
ダイアナの膝蹴《ひざげ》りがアレンのみぞおちに鋭く突き刺さった。
アレンの体が空中に浮き上がる。
エルフィリアが心配して、よろめく体を支えてくれた。

「大丈夫、アレン⁉」

「あ、あぁ……大丈夫だ。一発くらいなら大丈夫だ」

本当は座り込みたいぐらいだが、尋問相手に弱っている姿は見せられない。

「す、すみません、アレン殿！　でも、今のはアレン殿がいけないと思うのです。あんなエッチなところをいきなり触ったわけですから。そんなところを触ってもくすぐったいだけですので、触るなら他のところにしてくださいっ！」

（なんだろう、この雰囲気《ふんいき》は……）

エルフィリアにしろ、マリーにしろ、レベッカにしろ、尋問が始まるといかにも背徳的な雰囲気を醸《かも》し出していた。しかし、ダイアナにはそれがないどころか、こちらが申し訳ない気持ちになるほど健康的で健全な空気をまとっているのだ。

アレンはダイアナの背後に回る。

「こ、今度は何を……」

そして、困惑する彼女の臀部《でんぶ》に全力の平手打ちを放った。

「ひゃっ⁉」

石畳《いしだたみ》に鞭《むち》を叩きつけたような、かなり派手な音が尋問室に鳴り響く。

彼女のお尻は文字通り、打てば響く美しい引き締まり方をしていた。

アレンとしては心をくじく会心の一発だったのだが、

「今のはいい感じでしたね、アレン殿！　さあ、もう一発どうぞ！」

ダイアナは目をキラキラさせ、むしろ尻叩きを自ら催促《さいそく》してきた。

アレンはリクエストに応えて、彼女の尻に連続で平手打ちを見舞う。

「んっ……あうっ……くっ！　今のはかなり効きましたっ！」

それ本当に効いてるのか？

「はうっ……くぅっ！　まだまだっ！　さあ、もう一発どうぞっ！」

あまりにも連続で叩きすぎて腕がだるくなってくる。

痛くないはずはない。その証拠として、ダイアナの臀部……その左右の双丘《そうきゅう》は、ボディタイツの生地が叩かれすぎて薄くなり、赤くなった柔肌《やわはだ》がうっすらと透けてしまっていた。エルフィリアだったら確実に腰砕《こしくだ》けしているレベルだ。

アレンは尻叩きの手を止める。

右の手のひらがジンジンと熱を持っていた。

「ふぅ……なんだか、王立騎士団にいた頃のことを思い出しますね」

ダイアナがキラキラとした目で遠くを見つめる。

「あのときは私もアレン殿も木刀を振り回し、あざができるくらいの猛稽古《もうげいこ》に励《はげ》んだものでした。相手に叩かれたら普通は痛いですが、むしろ気持ちいいくらいに感じたものです。アレン殿の尻叩きも、なかなか気持ちのいいものでしたよ」

アレンは危機感を覚え、ごくりと生唾《なまつば》を飲む。

(駄目だ……こいつの前ではあらゆる尋問が『いつもの特訓』になってしまう！)

アレンが困惑していると、ダイアナの方から提案してきた。

「今度はどこを叩くのですか、アレン殿？　私としてはお腹なんかがおすすめです。これでも腹筋は鍛えてありますので。それにさっきは不可抗力《ふかこうりょく》とはいえ、アレン殿のお腹に膝蹴りを入れてしまいましたし……ここは腹パンしてしまいましょう、腹パンを！」

ダイアナが得意げにお腹を見せつけてくる。

彼女は鍛えていると言ってはいるが、腹筋が割れているようには見えない。けれども、縦に一本の筋が通っているような、彫刻を思わせるスリムなお腹をしていた。ボディタイツにへその切れ込みが浮き上がっている様子にはそこはかとない色気が感じられる。

確かに叩いてくださいと言わんばかりの肉体美であるが、

「腹は絶対に叩かない」

アレンはきっぱりと答える。

「どうしてですか？」

「これは尋問云々《うんぬん》の話じゃない。きみだって女だろう？」

「まあ、そうですが……」

ピンときてないのか、小首をかしげているダイアナ。

アレンは諭《さと》すように言い聞かせる。

「きみもいつかは誰かと結婚して、子供を授かることになるかもしれない」

「えっ⁉」

目をまん丸にして驚いているダイアナ。

その反応はまるで、赤ちゃんの作り方を初めて教わった子供のようだった。

彼女の顔がみるみるうちに赤くなる。

「あ、あの……そんな先のことは分からないと言いますか……」

「きみのところにも見合いの話くらいはきてるだろう？　友人たちの中には結婚して、子供を授かっている子もいるんじゃないか？」

「そそそういう話は聞かなくもないですが……」

アレンはダイアナの態度をいぶかしむ。

彼女も今年で二十歳《はたち》だ。結婚や子育ての話で、こんなに動揺《どうよう》するものだろうか？

普通は男の前で下着姿にされて、尻を叩かれる方が恥ずかしいものではないのか？

思い返してみると、ダイアナからは浮ついた話一つ聞かなかった。男所帯の王立騎士団を気遣って、仲間たちにバレないようにしているのだろうと思っていたが……改めて考えると、ダイアナにそんな器用なことができるとは思えない。

そして、この前のピクニックの言動から考えるに……。

（もしかしたら、これでダイアナの弱点が見えるかもしれないな）

試してみる価値はある。

アレンはそう思って、おもむろに上着を脱いだ。

「んなっ……アレン殿、何をしているのですか⁉」

とっさに顔を背けるダイアナ。

ただし、横目でちらちらとこちらを見ていた。

「私も脱ぐのかしらっ⁉」

エルフィリアが下着に手をかける。

「いや、ここは俺に任せてくれ」

マリーやレベッカを尋問したときとは違って、ここは彼女の力は借りられない。

アレンは上半身裸になり、尋問室に掛かっている大きな姿見で自分の姿を確認する。ダイアナの尻を力強く叩きつけたせいで、アレンの体は汗だくになっていた。尋問室の薄暗い照明も相まって、鍛え上げられた肉体の陰影が濃く浮き上がっている。

「んっ♥　も、もうっ♥　そんないきなり裸になってっ♥」

見ているだけのはずのエルフィリアがたまらなさそうに体をモジモジさせている。

高級なステーキを前にしたかのように、彼女はじゅるりと唇を舐《な》めていた。

アレンはゆっくりと、焦らすようにダイアナに近づいていく。

「な、何をする気なのですか、アレン殿っ⁉」

「俺の気持ちを伝えたくてな……聞いてくれるか？」

「アレン殿の気持ちとは――」

ダイアナの背後に回り、アレンは彼女の背中に密着する。

雷に撃たれたようにダイアナの体が跳ねた。

アレンは彼女が決して暴れられないように、右腕で彼女を力任せに引き寄せる。

彼の厚い胸板が彼女の背中に、そして彼の腰が彼女の美しく引き締まった尻に密着した。

「や、やめてくださいっ……こんなこと、未婚の男女がすることでは……」

顔をそらしてしまうダイアナ。

アレンは左手を彼女のあごに添えて、強引にこちらへ振り向かせる。

二人はお互いの吐息が掛かる距離で見つめ合った。

「ダイアナ、俺はお前のことを守りたい」

「なっ、なっ……」

「任務に失敗した刺客《しかく》が、主人からどのような扱いをされるかは分かるだろう？」

ダイアナの体がこわばったのを感じる。

任務に失敗した刺客を主人が放っておくはずがない。情報を吐かれてしまう前に始末しようとするだろう。ダイアナの裏にいる黒幕の性格から考えて、そのようなことをするとは考えられないが――

「わ、私っ……ど、どうしたらっ……」

ダイアナの不安を煽《あお》るには十分だったようである。

アレンは彼女をきつく抱き寄せ、耳元で優しく囁《ささや》きかけた。

「お前のことを守らせてくれ、ダイアナ」

「んんっ……♥　でも、どうしてそんなことをっ……♥」

ダイアナの目が色気を帯び始める。

彼女の悩ましげな視線は、明らかにアレンの言葉を待っていた。

欲しがっているのだ。

自分の体が一番喜ぶ回答を……。

「ダイアナ、お前のことが好きだ」

「んんんっ♥　んくっ♥　はっ……♥　はっ……♥」

ダイアナが目を閉じ、唇を噛《か》みしめ、あふれ出しそうな感情を抑え込もうとする。

ボディタイツの背中に汗が滲《にじ》み、二人の間にむせかえるほどの熱を生んでいた。

彼女の高鳴る心臓の鼓動が、密着した体からリアルに伝わってくる。

ダイアナを完全に崩すための弱点はすでに見えていた。

アレンは不意を突くように彼女の右耳を甘噛みする。

「やんっ♥　ア、アレン殿っ♥」

ダイアナの目に涙がにじみ、漏《も》れ出る声は明らかに甘くなっていた。

アレンは最初にやったように彼女の体を撫《な》で回す。

くびれた腰から脇腹へ。内ももから両足の付け根へ。

「そ、そんなところっ♥　触られたら……んぁっ♥」

やっていることは同じなのに、ダイアナの体はたまらなさそうに震えている。

彼女のまとっている健康的な雰囲気《ふんいき》も、厳しい鍛錬で鍛えられた女騎士のプライドも、その全《すべ》てがはがれ落ちようとしていた。その奥から見えてきたものは、熱を持ってとろけている女の性《さが》そのものだった。

「ダイアナ、お前を愛してる」

「あっ♥　あっ♥　あっ♥」

まともに言葉を発することもできないほど、ダイアナは惚《ほう》けてしまっている。

彼女のとろんとした眼差《まなざ》しは、アレンに魅入《みい》って夢見心地になっていた。

これで最後の仕上げだ。

「ダイアナ、俺に全てをゆだねろ」

アレンはおもむろにダイアナのうなじを舐め上げる。

しょっぱい汗の味が口に広がり、彼女の興奮具合がありありと感じられた。

「んいっ♥　だ、ダメですっ♥　そんなとこ……ひっ♥」

痙攣《けいれん》するように跳ねるダイアナの体を力一杯に抱きしめる。

すると、彼女は一転して脱力し、ぐったりと頭《こうべ》を垂れてしまった。

「ま、守ってくだしゃいっ……♥　アレン殿に、お任せしましゅっ……♥」

「よく言ってくれたな、ダイアナ」

アレンは彼女の言葉に偽りがないことを察知する。

ダイアナの体を支えてやり、それからエルフィリアに呼びかけた。

「手かせを外してやってくれっ！」

「わ、分かったわ！」

エルフィリアに手かせを外させ、アレンはダイアナの体を医療用のベッドに運ぶ。

ダイアナは緊張の糸が途切れて、気を失ってしまっていた。

「どうにかなったか……」

高級尋問官としての仕事を終えて、アレンがホッと安堵《あんど》していると、

「ふふっ……あんな情熱的なアプローチ、どこで覚えたのかしら？」

エルフィリアが汗まみれの背中にぴったりと密着してきた。

彼女の柔らかくも弾力のあるバストがぐいぐいと押しつけられてくる。

汗に濡れたブラジャーは存在感をなくし、まるで柔肌をそのまま押しつけたかのようで、乳

房の押しつぶされる感触はおろか、ピンと隆起する先端部の形すらもはっきりと分かってしまうのだった。

「お、お待ちください、エルフィリア様！　俺は今、汗だくで……」

「あら？　ダイアナにはあんなに密着していたのに？」

「あれは尋問のため、致し方なかったのです！」

アレンは慌ててダイアナから離れる。

「ダイアナは飛び抜けて初心《うぶ》な子でした。ですから、ああして甘い言葉をかけるのが有効だと判断したのです」

ヒントになったのは先日のピクニックの出来事だ。

エルフィリアやレベッカの愛読書である『王女様の秘密シリーズ』に対して、ダイアナは恥ずかしくて読めないと言っていた。しかし、それは興味があることの裏返しであり、むしろ人一倍憧れがあっただろうことは推察できた。

こちらはあの作品を読み込んでいたので、主人公が言いそうな台詞《せりふ》をすらすらと言うことができたのだが――

「あんな恥ずかしい台詞を言ってしまうとは……」

アレンは思い返すだけで恥ずかしくなってくる。

エルフィリアが悪戯《いたずら》っぽい笑みを浮かべた。

「私も今度、甘い言葉を囁いてもらおうかしら」

「そ、それは流石《さすが》にご勘弁を……」

他愛《たわい》のない話をしているうちにダイアナが目を覚ます。

「ん、んっ……アレン殿……」

「よく頑張ったな、ダイアナ。ゆっくり休んでくれて大丈夫だぞ？」

「私は……お話ししなくてはいけません……」

こんなときまで生真面目《きまじめ》さを発揮するダイアナ。

アレンは枕元で彼女の手を優しく握った。

「ダイアナ、きみに計画を指示したのは何者だ？」

「それは……それはっ……」

ダイアナの口から黒幕の正体がついに明かされる。


「第一王女、ガブリエラ・ヴァージニア様です」


（知ってた……）

アレンは思わずエルフィリアの方に振り返る。

彼女も「知ってたわ……」と言いたげな顔をしていた。

むしろ、あんな態度をしていてなぜバレないと思っていたのか。

絶対に証拠をつかまれない自信があったのだろうが……。

「後生《ごしょう》です。ガブリエラ様をお許しくださいっ！」

ダイアナが不安そうにアレンの手を握り返す。

「ガブリエラ様からの指令は、エルフィリア様を連れ去って、避暑地のお屋敷に閉じ込めておくように……というものだけでした。怪我《けが》をさせるつもりもなければ、ましてや命を狙うつもりもなかったのです」

「ダイアナ、あなたの言葉を信じるわ」

大きくうなずくエルフィリア。

ダイアナの言葉からはやはり嘘を感じない。

「あなたの身の安全も保証する。ガブリエラお姉様の元に帰れなかったときは、私の王女宮で暮らしなさい。私はお姉様の無益な行為を止めるつもりよ。そのときには、あなたも無事に主の元へ帰れるといいわね」

「ありがとうございます、エルフィリア様……」

ダイアナが嬉しさのあまり涙ぐむ。

かと思ったら、彼女は不安そうに目を伏せた。

「でも、私は本当にここにいてよいのでしょうか？」

「えっ？　それはもちろんだけど？」

「あの、私の勘違いかもしれないのですが、その……エルフィリア様とアレン殿はお互いを好き合っているのではないですか？」

アレンは一瞬心臓がどきりとする。

（俺とエルフィリア様が好き合っている？　確かに彼女のことを敬愛しているが、個人的な感情を持っているなんてことは……。それにダイアナの解釈では、俺が堂々と二股《ふたまた》をかけていることになるではないか！）

とにもかくにも、まずはダイアナにさせてしまった勘違いを解かなければいけない。さっきのはハニートラップだと教えてやらないと、純粋な彼女のことだろう……自分では一生気づかないかもしれない。

「ダイアナ、そのことだが――」

「ふふっ♥　その通りなのよ♥」

アレンが誤解を解こうとした瞬間、エルフィリアがうっとりと顔を赤らめた。

「エ、エルフィリア様⁉」

「アレンったら一人じゃ満足できないみたいで……でも、若いってそういうことよね♥　王女様を自分のものにしただけでは飽《あ》き足らず、後輩の女騎士まで守るだなんて言い出して……そんな甲斐性《かいしょう》のあるところも好きよ♥」

エルフィリアがアレンの腕に抱きつき、柔らかな二つの膨《ふく》らみで挟んでくると、ダイアナに聞こえないような声で囁いてきた。

「とりあえず、今はこのままにしておきましょう」

「それはなぜです？」

「ダイアナは今、ガブリエラお姉様から見放されていないかと不安になっているわ。不安な気持ちを勇気づけるには恋心が一番だもの。それに私と同じ『アレンの恋人』という扱いにされたら、彼女だって居心地悪くは感じないと思うわ」

「なるほど……」

自分を守ってくれる人のところに申し訳なく居候《いそうろう》するのではなく、王女様も認める恋人の一人として王女宮に住まわせてもらう。そこには心の余裕に大きな違いがありそうである。

(俺がエルフィリア様の恋人役だなんて恐れ多いことだが、これもガブリエラ様の企《たくら》みを止めるまでのことだ。二人の女性に手を出すというのは心外だけども……)

アレンは一時的に恋人役を受け入れることにする。

「きみのことはエルフィリア様共々、俺が必ず守るから安心してくれ」

「かっ、感謝いたしますっ！　アレン殿っ！」

ダイアナがアレンの手をぎゅっと握りしめる。

彼女から向けられる眼差しは、王立騎士団時代と変わらず純粋だった。

そして、再び緊張の糸が途切れてしまったようである。

ダイアナは目を閉じると、穏やかな寝息を立て始めた。

アレンは尋問室の伝声管で、彼女を着替えさせてほしいとクローネに伝える。

エルフィリアの表情がキリッと引き締まった。

「明日、ダイアナの体力が回復し次第、ガブリエラお姉様の元に向かうわ。刺客《しかく》を送り込んできたことを認めさせ、無意味な後継者争いを止めないと……。このまま手口が激化したら、後継者争いを外部の人間に知られかねないもの」

「ガブリエラ様は……そう簡単にはお認めにならないでしょうね」

「後継者争いが起こっていること自体を秘密にしている以上、ガブリエラお姉様を公的な尋問の場に呼び出すことはできないわ。そこで最後の頼みになってくるのが——」

「高級尋問官、というわけですか」

アレンは気持ちが昂《たかま》り身震いする。

資質を見極めるためにエルフィリアの尻を叩いたが、今度は本当に一国の王女を尋問することになるのだ。これまで尋問した相手と違って、失敗したときのリスクは計り知れない。間違いなくガブリエラに、エルフィリアを蹴落《けお》とす口実を与えてしまうだろう。アレン自身だって命の保証があるかどうか……。

(失敗を許されないというのに、この気持ちの昂りは一体何だ?)

アレンは王立騎士団時代を思い出す。

戦場に出るとき、同じような高揚感《こうよう》があったものだ。

「ふふっ……私も昂《たかぶ》ってきてしまったわ」

エルフィリアが艶《つや》っぽい声をして、自分の体を指先でなぞる。

「でも、明日は大事な尋問だものね。今日は早めに休みましょう」

「そうしてもらえると俺も助かります」

慰安訪問、ダイアナの襲撃、そして尋問……その全てを乗り切ってもなお、まだまだ余力のある彼女のスタミナには、アレンも素直に驚き感心してしまう。これが尻を叩くと一転、あっという間に足腰が立たなくなるのだから不思議だ。

「お待たせいたしました……わっ！　これまた派手になさいましたねっ！」

クローネがタオルを抱えて尋問室にやってくる。

歯の浮くような台詞を思い出し、アレンは密かに苦い顔をするのだった。

6 ガブリエラ、朗読会に散る

ダイアナを尋問した翌朝。

アレンが着替えを終えたタイミングで、自室のドアがコンコンとノックされる。

ドアを開けて応対すると、そこにはクローネが背筋をピンとさせて立っていた。

「おはようございます、アレン様」

「おはよう、クローネ。こんな早くに珍しいな」

「エルフィリア様が食事にお招きになっています」

「着替え終わったところだ。すぐに向かおう」

アレンはクローネと共にエルフィリアの自室に向かう。

エルフィリアは多忙の身であり、日付が変わる頃に眠るときもあれば、夜明け前に起き出すこともある。そのため、アレンとは寝起きの時間がなかなか一致せず、彼女から朝食に招いてくれるのは珍しい。

エルフィリアの自室に入ると、そこにはダイアナの姿があった。

「アレン殿、おはようございますっ！」

部屋の中心にはティーテーブルよりも一回り大きなテーブルが置かれている。

ダイアナは椅子《いす》から立ち上がると、アレンに向かって深々と頭を下げた。

彼女の後輩感あふれる振る舞いが、どうにも微笑《ほほえ》ましく思えてしまう。

「おはよう、ダイアナ。昨日はよく眠れたか？」

「はいっ！　いつの間にか服も着替えさせてもらっていて……」

「それはクローネがやってくれたんだ」

「そ、そうでしたかっ⁉　私はてっきり、アレン殿がしてくれたものとばかり……」

朝から勘違いで顔を赤くしているダイアナ。

（ダイアナの頭の中で、俺はどんな男になっているんだ？）

それはそれとして、である。

ダイアナを朝食に早速招いたのはエルフィリアの考えだろう。ガブリエラを尋問するためには、彼女の前でダイアナの口から証言してもらう必要がある。ダイアナのプレッシャーは相当なものだろうから、朝のうちからしっかり励《はげ》ましておきたいのだ。

どれもこれも、無益な後継者争いを止めるため、そして尋問を成功させるためである。

（俺のためにエルフィリア様が配慮を……）

アレンも朝から気持ちが昂《たかま》ってくる。

「さあ、席について食べましょう」

エルフィリアに促されて、アレンとダイアナはテーブル席に着いた。

朝食は二段重ねになっているパンケーキである。色とりどりのフルーツソースが掛けられており、ふんわりと甘い香りが周囲に漂っていた。クローネが熱々の紅茶をついでくれると、芳《こう》ばしい香りで食欲をかき立てられる。

アレンたちはそれぞれ朝食のパンケーキを食べ始めた。

「朝食を終えたら、すぐさまガブリエラお姉様の王女宮に出向くわ」

エルフィリアの一言にダイアナがびくりと反応する。

けれども、すぐにスッと表情を引き締めた。

「……覚悟はできています」

「ダイアナがそう言ってくれると助かるわ」

「王位継承権第一位であるガブリエラ様が、どうして王位継承権第二位のエルフィリア様を妨害するのかは私にも分かりかねます。こんなことを今更言うのは卑怯《ひきょう》かもしれないですが、私も昨日の任務には納得できていませんでした。ですから……私もガブリエラ様の暴走を止めたいのです」

ガブリエラを想うからこその覚悟をダイアナから感じる。

主が間違った方向に進んでいるなら、主の命令に背くことになっても構わない。

彼女の中にある騎士道がアレンにはハッキリと見えていた。

「アレン殿、ガブリエラ様をお願いします」

「あぁ、任せてくれ。今度も的確に尋問してみせる」

むしろ的確な尋問しか許されない。

王族であるガブリエラの体を傷つけるなど、悪事を暴くためでも言語道断《ごんごどうだん》だ。不幸中の幸いにも、昨日のダイアナの一件によって、尻叩きやくすぐりのような物理的手段に頼りすぎない責めも見えてきた。今回も特殊な手段を考える必要があるだろう。

アレンたちは食事を終えると、出発の準備をしてエントランスホールに集まった。

ガブリエラの王女宮に乗り込むのはアレン、エルフィリア、クローネ、ダイアナの四人なのだが、エントランスホールにはなぜかマリーとレベッカまでやってきていた。

「おっはようございまーすっ！」

マリーが尻尾《しっぽ》をふりふりしながら、アレンたちの方に近づいてくる。

「黒幕のところに乗り込むんでしょ？　そうでしょ？　いやあ、このときがついに来ちゃったねっ！　私を危険な仕事に送り込んだ極悪プリンセスにお仕置きしないとねっ！　よーし、今日も一日がんばろーっ！」

「刺客の仕事を請け負ったのはきみ自身の判断だろ？」

それも危険な仕事だと知っていながら、高い報酬《ほうしゅう》につられてのことだったはずである。

そんな自分に都合の悪いこと、マリーがちゃんと覚えていられるはずもないが……。

クローネが大きなため息をついた。

「マリー、あなたは大人しく文字の書き取りでもしてなさい」

「こんなお祭りの日にじっとしてなんていられないよぉっ！」

「何を不謹慎《ふきんしん》なこと言ってるのですかっ！」

顔を合わせた瞬間に言い合っているクローネとマリー。

二人の関係は相変わらずだ。

「アレン様もエルフィリアお姉様も、どうかお気をつけくださいっ！」

うるうるとした目で、二人のことを見ているレベッカ。

エルフィリアがそんな彼女に微笑みかけた。

「大丈夫よ。ガブリエラお姉様なら、きっと尋問に応じてくれるわ。それにアレンの尋問の腕前は、あなたも身を以《もっ》て体験しているでしょう？」

「は、はいっ♥」

ほっぺたをポッと赤く染め、レベッカがアレンのことを見上げる。

「本当に……すごかったです……♥」

「俺は指示を出しただけで、実際に色々やったのはエルフィリア様なんだが……」

「そんなっ！　私にカミングアウトの勇気を与えてくれたのはアレン様ですっ！　あのときは

本当に不思議な気持ちでした。悪いことをしてしまって、それを責められていたはずなのに、いつの間にか勇気づけられているんですから……」

アレンとしては不思議なことをしているつもりはない。

尋問にはある種の愛が必要である……その気持ちは最初からあったし、今も変わっていないのだ。相手を痛めつける尋問には限界がある。むしろ、相手の気持ちを揺さぶったあと、どうやって励ましてやるかがキモなのだ。

ガブリエラとは何度か遭遇《そうぐう》している。

どうにかして、そこから尋問のヒントを探さなくてはいけない。

「アレン、出発しましょう」

エルフィリアから声をかけられる。

すると、マリーがなぜかレベッカの背中に抱きついた。

「それじゃあ、私たちも頑張ってこーっ！」

「マ、マリーさん、それはみなさんに内緒にしておかないとっ！」

マリーのせいで全然内緒話ができていないレベッカ。

尋問が終わったら打ち上げパーティーでもしてくれるのだろうか？

アレンたちは気にせず、王女宮の前に待機していた馬車に乗り込む。

馬車で移動している最中は流石《さすが》に少し空気が重くなった。

「あの……一つ聞いてもいいでしょうか?」

ダイアナが対面にいるエルフィリアに問いかける。

「ガブリエラ様は……小さな頃はどうだったのですか?」

それはアレンとしても興味深い質問だ。

ガブリエラの幼少期の話は一切聞いたことがない。

「私が小さかったときから、ガブリエラお姉様は尊敬できる人だったわ」

エルフィリアが昔を懐かしんで遠くを見つめる。

「ヴァージニア王国六王女の中でも、ガブリエラお姉様の優しさと知性は頭一つ抜けていると言われていたわ。悪戯《いたずら》ばかりで見放されていた私にも、ガブリエラお姉様は懸命に話しかけてくれた。私が耳を傾けてさえいたら、立ち直るのがもっと早かったかもしれないわね」

あのガブリエラがエルフィリアに優しい?

考えられないことだな、とアレンは思ってしまう。

「十歳にも満たないのに六カ国語を話せたり、ピアニスト顔負けの腕前でオリジナルの曲を演奏したり、大人達の言い争いを簡単に仲裁《ちゅうさい》してみせたり……王宮に出入りする人たちは、大人から子供まで、他国からの来客であっても、ガブリエラお姉様に一目置いていたわ」

「それが、どうして……」

あんな風に、とはアレンも言わなかった。

けれども、それはガブリエラを知るものなら誰でも思っていることだろう。

「私にも分からないわ」

エルフィリアが力なく首を横に振る。

「いつの間にか、子供のようになってしまわれて……」

見栄と対抗心。

ガブリエラを形成しているのは、その二つであるように見える。

(これは彼女の心に深く探りを入れなければな……)

あれこれ考えているうちに、馬車がガブリエラの王女宮に到着した。

ガブリエラの王女宮は外観からして派手である。見た目はお姫様の住まうお城そのもので、宝石が塗り込められているかのように外壁がキラキラしていた。高価な建材を惜しげもなく使っているあたり、彼女の性格が実によく出ている。

アレンたちがエントランスホールに足を踏み入れると、真正面に飾られているガブリエラの肖像画が目に留まった。高さ五メートルほどもある巨大サイズで、金ぴかのドレスに身を包んだガブリエラの得意げな顔が非常に眩《まぶ》しい。

「ついに来たわね」

吹き抜けになっている二階の階段からガブリエラが降りてくる。

彼女は肖像画と同じ金ぴかのドレスで今日もど派手に決めていた。

「ダイアナ！」

ガブリエラがエントランスホールに降りてくるなり呼びつける。

ダイアナはビクッとしたあと、床にこすりつけんばかりの勢いで頭を下げた。

「も、申し訳ありませんっ！　全部、話してしまいましたっ！」

「そのことなら気にしてないわ」

「えっ？」

ガブリエラが腕組みをして「ふっふっふ……」と不敵に笑う。

「だって、私はな――んにも悪いことなんてしてないものっ！」

どうやら徹底的にしらを切るつもりらしい。

彼女は爛々《らんらん》と光るエメラルド色の瞳でエルフィリアを挑発していた。

「ダイアナが帰ってこないから不思議に思っていたのだけど、まさかエルフィリアのところに泊まっていたなんてね。でも、こうして帰ってきてくれたから一安心だわ。わざわざ送ってくれたりして本当にありがとう」

「ガブリエラ様、お聞きくださいっ！」

ダイアナが膝を折り、ガブリエラの胸にすがりついた。

「私はこれ以上、ガブリエラ様に罪を重ねてほしくありません！　それだけじゃなく、このままだと争いが外部に知られ、大変なことになってしまいます！　この国の危機です！」

「さあ、何のことだか全然分からないわね……」

ガブリエラがしれっとした顔でダイアナの頭をなでなでする。

「私のそばにいられなくて寂しかったのね。おう、よしよし……」

「ガブリエラお姉様」

エルフィリアが険しい表情をして一歩前に出る。

「ダイアナから聞き出した証言について確認したいことがあります。私の王女宮までご同行を願えますか?」

「私としても望むところよ。あなたとは決着をつけたいと思っていたの」

ダイアナを後ろに下がらせて、意外にも承諾《しょうだく》してくるガブリエラ。

そんな簡単なはずはないとアレンが思っていると、

「ただし、条件があるわ」

案《あん》の定《じょう》、ガブリエラの口から要求が飛び出してきた。

「私から話を聞けるのは、今から正午までの三時間弱よ。隣国から招いた来賓《らいひん》とランチの予定があって、午後から夜にかけても大忙しだもの。お互いに大変よね。二人とも時間が空いているときなんて滅多《めった》にないんだから」

「承《うけたまわ》りました」

これはエルフィリアとしては受け入れるしかない。

　ここで尋問の機会を逃せば、あれこれと理由をつけられて、二度とチャンスは巡ってこないだろう。多少は不利な条件でも呑《の》み込むしかないのだ。大人達から一目置かれていただけあって、ガブリエラはここぞというときに頭が回るらしい。

「それから、もしも私から話を聞き出して何も分からなかったら――」

「承知しております。王位継承権を破棄《はき》しますわ」

「ふふっ……そんなこと言わないわよ。私は後継者争いなんて興味がないもの」

どの口が言うんだか、ということを言い出すガブリエラ。

そんな彼女が意外な要求を押しつけてくる。

「私がほしいのは……そこにいる護衛官、あなたよ！」

ガブリエラが指名したのは他でもないアレンだった。

（どうして俺なんかを？　初対面のときは近づかれるだけで怖がっていたはずでは？）

困惑しているアレンに、ガブリエラが意気揚々《ようよう》と言ってくる。

「私は知ってるんだからね。あなたがエルフィリアの立ち直ったきっかけなのを！　まともに戦えなくなった騎士を囲ったから、何かあったと思ってたけど……あなたを心の支えにしてたってわけよね。魅力的じゃない。ぜひとも手元に置いてみたいわ！」

　頭が回るかと思ったら、これでは他人のおもちゃをうらやましがる子供だ。

（でも、悪い提案ではないかもしれない。俺一人の犠牲《ぎせい》で済むなら安いものだし、エルフィリ

ア様なら新しい高級尋問官をきっと探し出せる。何も問題はない）

アレンはそう思っていたのだが、

「だ、ダメですっ！　それだけはっ！」

突然、エルフィリアが血相を変えて弱気なことを言い出してしまった。

「アレンは私の大切な……その、大切な――」

「承知しました」

エルフィリアの承諾を待たず、アレンはガブリエラの要求を受け入れる。

その言葉に驚いたのは、やはり身を案じてくれているエルフィリアだった。

「待って、アレン！　もしも尋問に失敗したら、あなたは私の元から――」

「エルフィリア様、一つお伺《うかが》いしますが……」

アレンは振り返り、エルフィリアの目を見て問いかける。

「あなたの選んだ男が、尋問に失敗するとお思いですか？」

「そ、それはっ……」

エルフィリアの顔がみるみるうちに赤くなる。

「思わない、けど……」

「ご自分の体で確かめた才能、信じていただけますね？」

アレンが耳元で囁《ささや》くと、エルフィリアは小さくうなずいた。

うつむいた彼女のつむじが見えて、そっと撫《な》でてやりたい衝動に駆られる。

エルフィリアとて十六歳の女の子なのだ。

少なくない時間を過ごした従者が奪われてしまうのは寂しいのだろう。

「な、なかなか、格好いいことを言ってくれるじゃない……」

ごくり、と生唾《なまつば》を飲み込むガブリエラ。

「でも、観念することね。エルフィリアの王女宮から帰るとき、あなたはもう私のものになってるんだから」

「そうはなりません。俺はエルフィリア様に一生お仕えすると誓いましたから」

「ますます手に入れたくなったわ……さあ、連れて行きなさい！」

これでガブリエラを王女宮から連れ出すという第一段階は成功した。

（絶対に尋問を成功させてやる。高級尋問官のプライドに懸《か》けて！）

アレンは密かに武者震《むしやぶる》いを抑え込むのだった。


エルフィリアの王女宮に戻ってきたあと、ガブリエラの身柄はすぐさま地下の尋問室に移された。残された時間は三時間弱……否《いな》、説得と移動に削《けず》られて、今はもう二時間ほどしか残っていない。

あれほど強気に啖呵《たんか》を切った彼女だ。大人しく尋問を受けてくれるだろう。

アレンはそう期待していたのだが、

「うひぃっ⁉」

尋問室の鉄格子《てつごうし》を閉じただけで、ガブリエラは飛び上がって驚く有様だった。

さらには鉄格子に駆け寄って、ガシャガシャと揺すり始めてしまう。

「閉めちゃったの⁉　本当に閉めちゃったの⁉」

「閉めなければ逃げてしまう可能性があるではないですか」

「逃げないわよ！　窓がなくて不安になるだけ！」

「とにかく、鉄格子からお離れください」

アレンは仕方なくガブリエラの肩をつかむ。

瞬間、

「や、やめてっ！　私に触らないでっ！」

ガブリエラは腰を抜かして、ぺたんと尻餅《しりもち》をついてしまった。

エメラルド色の目から、ぽろぽろと涙をこぼし始める。

「ダイアナーっ！　助けて、ダイアナーっ！」

「そんなに恐がりなら、どうして強がったりしたのですか……」

「私はダイアナの主よ！　あそこで強がらなくてどうするのよ！」

それは、まあ、そうかもしれないけども。

ダイアナとはまた違った方向性で調子が狂ってくる。

「それに……ちょっと！　エルフィリア、その破廉恥《はれんち》な格好はなんなのよ！」

ガブリエラが威嚇《いかく》するように八重歯《やえば》を剝《む》き出《だ》しにする。

「これですか？」

エルフィリアはいつも通り、尋問室では下着姿になっていた。

勝負下着の意味もあるのだろうか……情熱的な真紅のランジェリーが、豊満なバストとヒップを包み込んでいる。小柄で華奢《きゃしゃ》な体つきをしているにもかかわらず、魅力的な部位の肉付きがやたらよい様は、何度見ても飽《あ》きずに惚《ほ》れ惚《ぼ》れしてしまう。

「一応、あなたの姉だから言っておくけどね！　未婚の身で男に下着姿を見せるだなんて、私は姉として絶対に許さないからね！　それも貴族でも王族でもない、ちょっとかっこいいだけの男なんかに！」

言葉の流れ弾が命中して、アレンは一人密かにうめく。

エルフィリアの全裸日光浴を目撃してしまったことなど口が裂けても言えない。

「でも、尋問は服が汚れてしまうこともありますし……」

「汚れることが気になるなら、野草を摘《つ》んだりするときの服とかでいいじゃないの！」

「………‼」

その手があったか、という顔をするエルフィリア。

彼女はそれから、邪念を振り払うかのように首を横に振った。

「いえ、やはり私はこの格好がいいのです。尋問室にいるときは第一王女の身分を……自分の中にある驕《おご》りを捨て去りたい。お姉様に許していただけるなら、この下着すらも脱ぎ捨てて、生まれたままの姿で尋問に臨《のぞ》みたいくらいの気持ちでいます」

「わ、分かったわ……下着でいいわ、下着で……」

エルフィリアの力説にすっかり気圧《けお》されているガブリエラ。

彼女の額にたらりと一筋の汗が流れる。

「それから、ガブリエラお姉様にも脱いでいただけると助かります。お召し物を汚してしまう心配もなくなりますから」

「こ、こいつの前でドレスを脱げっていうの⁉」

ガブリエラが嫌悪の視線をアレンにぶつけてくる。

「俺は王族でも貴族でもありません。着替えを手伝わせる従者だと思ってもらえれば……」

「男に服なんか着替えさせないわよ！」

「でしたら、両手を拘束《こうそく》してでも脱いでいただくことになります。ドレスの内側に武器を隠していて、不意に抵抗されたりしたら困りますから」

「そ、そんなことするわけじゃないっ！　脱げばいいんでしょ、脱げばっ！」

ガブリエラが啖呵を切って、金ぴかのドレスを脱ぎ始める。

「まったく……どうして、私がこんな目にっ！」

大量のフリルがあしらわれたボリューム満点のドレスを脱ぎ捨てると、それによって隠されていた彼女の肢体《したい》が外気にさらされた。

瞬間、アレンは息を呑《の》んだ。

「まぁっ……‼」

隣にいるエルフィリアに至っては、同性にもかかわらず目をキラキラさせている。

見惚《みほ》れるのも無理はない。

ガブリエラの体を表現するなら、それは完璧《かんぺき》の一言に尽きた。

ほっそりとした手足にすっきりとした腰回り。手のひらで隠せるくらいの乳房やぷりっとした小尻は実に上品で、セクシーな黒のランジェリーを上向きに押し上げている様子は、いかにも張りと弾力がありそうだ。

未成熟なのではない。無駄なものを一切そぎ落とし、美しくまとまった肉体をしている。エルフィリアが愛の女神なら、ガブリエラは美の女神と言えるだろう。どちらにせよ男性であるアレンにとっては、魅力的で色気を感じるものであることに変わりはないが……。

「くっ……貧相な体だって思ってるんでしょ⁉」

エルフィリアの小柄ながらも豊満な体をにらみつけるガブリエラ。

アレンは正直な気持ちを伝える。

「そんなことは一つも思っていません。洗練された美しい体であると思います」

気になるのはガブリエラの体が完成されすぎていて、効果的な尋問がパッと思いつかないことである。ダイアナの鍛えられた肉体も弱点を見抜きにくかったが、ガブリエラの美容と節制で作り上げられただろう肉体からも、弱点の気配が感じ取れなかった。

「ふ、ふうん？　まあ、私もそう思わなくもないけど？」

アレンの言葉をどう捉えたのか、ガブリエラの表情がわずかににやけた。

「私くらい慎《つつ》ましやかな生活を送ってくると、心も体も自然と研《と》ぎ澄まされていくのよね。ほらほら、私がドレスを脱いだんだから、尋問の方をさっさと始めちゃいなさい！」

尋問の準備が整って、アレンはようやく仕事モードに気持ちを切り替える。

「ガブリエラ、これからきみを尋問する」

「はぁっ!?　な、なにを呼び捨てにしてくれちゃってんのっ!?」

「ここでのきみは一人の尋問対象に過ぎない。エルフィリアが王女としての身分を捨て、ここでは助手として協力してくれているのと同じだ。そして、高級尋問官である俺の言葉には絶対に従ってもらう」

「そんなのエルフィリアが勝手に考えた役職じゃない……」

ガブリエラが腕組みしながら、不満そうに唇をツンとさせる。

「……で、自己犠牲《ぎせい》の精神にあふれてるエルフィリアのことだから、どうせ尋問の方法は自分の体でしっかりと試しているんでしょ？　それなら、私にもそれをやっちゃいなさい。かるーくクリアしてやるわ！」

「むっ……」

ガブリエラの弱点は今のところ見えていない。そうなると、まずは肉体に揺さぶりをかけるのが定石《じょうせき》だが、もしも彼女の心と体に傷を残せば、黒幕であることを認めさせても、最終的に破滅するのはこちら側だ。

ガブリエラの華奢《きゃしゃ》な小尻を叩いたりしたらどうなるか……。

アレンが早速判断に迷っていると、

「大丈夫よ、アレン」

エルフィリアが彼の肩を支えにして、精一杯に背伸びして耳打ちしてくる。

「男の子が思っているよりも、女の子はずっと強いの。お尻を叩かれたくらいで、そう簡単に傷ついたりしないわ。あなたは優しすぎる。もっと乱暴に扱ってもいいのよ？」

私のこともね、と彼女は言っている気がする。

耳に吹きかけられる吐息が絶妙にくすぐったい。

アレンは胸の奥から湧き上がってくる危険な衝動を抑え込む。

（俺は高級尋問官として、冷静な尋問をするまでだ）

「ガブリエラ、これからきみの尻を叩く」

「えっ、ちょっと――」

ここで逃げ回られたらたまらない。

ガブリエラが驚いた隙《すき》を突き、アレンは彼女の体を肩で担《かつ》ぎ上げた。

「や、やめなさいっ！　こ、このっ！　ばかっ！」

こうして担ぎ上げてみると、あまりの軽さに驚かされる。小柄なエルフィリアと大差ない。

ガブリエラは必死にじたばたしているが、彼女の軽くてスレンダーな体で抵抗されても、胴体をがっしりとつかまれていては逃げられるはずもなかった。

ガブリエラの体を肩にしっかり固定して、アレンは彼女の尻に平手打ちをたたき込む。

瞬間、
尋問室に響き渡る、破裂音にも似た甲高《かんだか》い音。

「ふぎゃ――――――っ‼」

ガブリエラが女の子らしさのかけらもない悲鳴を上げた。

叩かれたところには真っ赤な手形が残されている。

「ま、待った！　予想の百倍くらい痛い！　こんなの尋問じゃなくて拷問《ごうもん》よっ！」

「いや、それはきみがエルフィリアのされた尋問と同じことをしろと……」

「鬼！　悪魔！　死神！」

涙をぽろぽろと流しながら、両手両足をぶんぶん振り回すガブリエラ。

アレンが仕方なく下ろしてやると、彼女は医療用ベッドに逃げ込み、頭から毛布をぐるぐるにかぶってしまった。毛布の隙間からこちらを覗《のぞ》く目はすっかり怯《おび》えてしまっており、凍えているかのように全身がぷるぷると震えている。

「エルフィリア、その……女の子は強いのでは？」

「ガブリエラお姉様には当てはまらないのかも……ご、ごめんなさい」

珍しく本気で動揺《どうよう》しているエルフィリア。

ガブリエラの繊細さは彼女の想像を遙《はる》かに超えているらしい。

（これは責め方を変えなくてはいけないいな……）

アレンは毛布にくるまっているガブリエラににじり寄る。

それから、毛布からはみ出た彼女の足裏を、指先でこちょこちょとくすぐった。

「ひゃいっ‼」

ガブリエラが毛布から飛び出し、尋問室を這《は》いずるように逃げ回る。アレンが慌てて追いかけ回すと、彼女はダイアナ相手にやったのと同じように、エルフィリアのお尻に抱きついて隠れてしまった。

「な、なんなのよぉ……男のくせに私の体に触ってんじゃないわよぉ……」

エルフィリアのお尻に顔を埋めて、こちらを見向きもしないガブリエラ。

彼女のさめざめとした泣き声だけが尋問室に反響している。

(だ、ダメだ……彼女に肉体的な責めは一切通用しない)

これではまるで小さい子供を折檻《せっかん》しているみたいではないか！

なんでもかんでも特訓感覚で乗り切るダイアナも尋問しづらかったが、ガブリエラの尋問しづらさは段違いだ。

自分の罪を認め、白状するという行為には、ある程度の理性が必要なのである。理性があるからこそ、尋問される側には『白状するか否《いな》か』の迷いが生じる。

しかし、ガブリエラの場合はちょっとの物理的衝撃で理性が崩壊してしまうため、すぐさまお腹の空いた赤ん坊のように泣きわめいてしまうのだ。

ガブリエラを尋問するのは、言葉のしゃべれない赤ん坊を問いただすようなものだ。

これは責め方が根本的に間違っていると言わざるを得ない。

(子供に言い聞かせるようにゆっくりと説明する……いや、そんな時間はない！)

残り時間は一時間半を切っている。

そんな短時間で赤ん坊を大人にすることは限りなく難しい。

「分かった、ガブリエラ。きみを叩いたり、くすぐったりするのはやめる。その代わり、きみがエルフィリアに刺客《しかく》を送り込んだことを認めてほしい。そして、これ以上の無益な後継者争いはしないと約束するんだ」

これで降参してくれたら、どれだけ手間のかからないことか……。

案の定、その言葉を聞いた途端、

「ふ、ふっ……その要求は呑《の》めないわね！」

ガブリエラが急に元気になって、得意げな顔で要求をはねのけてきた。

「第一王女である私に不当な疑いをかけ、密室に監禁《かんきん》したうえに虐待《ぎゃくたい》まがいの行為……この尋問が終わったら、あなたたち二人とも覚悟しておくことねっ！　ガブリエラ・ヴァージニアは不当な尋問なんかに屈したりしないっ！」

「そんな都合のいい解釈はしないでもらいたい」

「王の都合のいいように全てが動く……それが国ってものよ！」

なるほど、確かにその考えはいかにも王族っぽい。

尋問室に閉じ込めてからも、ガブリエラを中心に全てが進んでいる気がする。

鉄格子《てつごうし》の外からクローネの声が聞こえてきたのはそのときだった。

「アレン様！　どうかこちらに！」

「エルフィリア、ガブリエラを頼む」

「分かったわ……」

アレンは鉄格子を開けて、尋問室から一旦外に出る。

尋問室に通じる階段の陰には、クローネだけではなくマリーとレベッカも待っていた。

「アレン様、これをお願いします！　きっと役立つことが書いてあるはずです！」

レベッカから分厚い本を手渡される。

それは立派な革張り表紙の日記帳だった。

「第一王女様のお部屋から持って来ちゃった♥」

ぺろっと舌を出して、得意げにダブルピースするマリー。

「王女様のお部屋にも結界魔法が張られてたんだけど、レベッカに穴を開けてもらってね。おかげさまで簡単に忍び込めちゃったよ。アレン様、ほめてほめてーっ♥」

「ご、ごめんなさいっ！　私たち、アレン様のお役に立ちたくて……」

申し訳なさそうに目をうるうるさせているレベッカ。

アレンは二人の少女の頭を優しく撫《な》でてやる。

「二人ともありがとう。これで尋問もはかどるよ」

革張りの本はおそらくガブリエラの日記帳なのだろう。

彼女の弱点を知る手がかりや、犯行計画が書かれているかもしれない。

調子に乗ったマリーが猫撫で声ですり寄ってくる。

「ふふふっ……ご褒美《ほうび》は一晩添い寝でいいからね、アレン様♥」

「マ、マリーさんったらずるいっ……あ、いや、そのっ……♥」

思わず本音が出てしまって、恥ずかしそうに顔を赤らめるレベッカ。

エルフィリアの要求に比べてみたら二人とも可愛《かわい》いものだ。

「ありがとう、このお礼はあとで必ずする」

アレンはクローネにも一言かける。

「何かあったら伝声管で呼ぶ。引き続き、待機していてくれ」

「承《うけたまわ》りました」

マリーとレベッカをクローネに任せ、アレンは日記帳を片手に尋問室に戻る。

エルフィリアを手招きで呼び、二人で日記帳の中身を確かめることにした。

「この日記帳をマリーとレベッカが持ってきたんだが……」

アレンは試しに革張り表紙の本をぱらぱらとめくってみる。

分厚い本の半分近くまで、手書きで文章が長々と書かれていた。

「あっ⁉」

突然、ガブリエラが濁音《だくおん》の混じったような声をあげる。

アレンは文章の冒頭を彼女に読み聞かせた。

「ガブリエラ・ヴァージニア作、『王女様の秘密シリーズ外伝』……なるほど。これはあの恋愛小説を原作として、きみが妄想して書いたファン・フィクションなのか」

「し、し、知らないわ、そんなのっ！」

「しかも、ガブリエラがモデルになっている第一王女が主役に据えられ、本来の主役であるエルフィリア……第二王女を失脚させる展開になっている。これが後継者争いを望まぬ人間の書くものとは思えない」

自分自身がモデルになっている恋愛小説を元にして、わざわざ自分自身を主役にしているのだから、そこに自分の願望が表れるのは自然なことだろう。ここまで露骨だと、もはやファン・フィクションを装った犯行計画書にすら思えてくる。

「知らないったら知らないわ！　そんな証拠品は捏造《ねつぞう》よ！」

「これが捏造かどうか、自分自身の声ではっきり読み上げるといい」

「は、はぁっ!?　どうして、私が自分で書いた小説を読んだりなんか――」

目を白黒させるガブリエラ。

途端、彼女の顔からさぁーっと血の気が引いていく。

「これを読まなかったら、世間にばらまこうって魂胆《こんたん》なんでしょ!?　あなた、なんて非道なことを考えるの!?　分かったわよ、読めばいいんでしょ、読めばっ‼」

アレンはそんなこと一つも思っていないが、この直筆小説を読んでもらえるなら黙っておくことにする。これを本物の証拠品として認めさせるためなら、もはや手段など選んではいられないのだ。

ガブリエラが手渡された直筆小説を開き、書かれている文章を凝視した。

血の気の引いていた彼女の顔が、今度はみるみるうちに赤くなってくる。

するると、エルフィリアが不意に声をかけてきた。

「あ、あの……アレン」

「どうした、エルフィリア？」

「直筆小説を音読させるというのは、ちょっと、あまりにも……」

「ん？　別に問題はないだろう？」

アレンとしてはガブリエラに証拠品が本物であると確認してほしいだけだ。

「ガブリエラ、冒頭の部分から読んでくれないか？」

「わ、わ、わ、分かってるわよ……分かってるんだからねっ！」

ガブリエラの反応はこれまでと明らかに違っていた。

恥ずかしげに顔が紅潮し、口元はむにむにしっぱなしで、これから好きな人の前でラブレターを読み上げようとしている子供のように緊張している。全身から大量の汗が噴き出し、内ももを不安そうにすりすりさせている様子は、見るものの心を実にざわつかせてくれた。

そんなガブリエラの直筆小説は、

「ガ、ガブリエラ・ヴァージニアは世界一美しい王女様だ……」

とんでもない自画自賛の一文から始まった。

第一王女ではなくガブリエラと実名を書いていることからも、この直筆小説に自分自身の願望を書き表していることが伝わってくる。

「き、騎士様はそんなガブリエラにすっかり心を奪われていた。かつてはエルフィリアに惚《ほ》れていたようだが、それが過ちであることを彼は認め、ガブリエラの前で懺悔《ざんげ》した。優しいガブリエラは、騎士様の間違いをお許しになった。そうして、二人の男女は正式に恋人として結ばれたのである」

「なるほど。第二王女《エルフィリア》に惚れていた騎士が、本来は敵役である第一王女《ガブリエラ》に惚れるというオリジナル展開にしたわけだな。こういったもしもの展開を提示することが、ファン・フィクションの醍醐《だいご》味《み》と言えるだろう。実に興味深い……さあ、続きを読んでくれ」

「くっ……人の気持ちも知らないでっ……」

ガブリエラが悔《くや》しげに顔をゆがめる。

直筆小説を持つ彼女の手は小刻みに震えていた。

「騎士様は今日もガブリエラのし、し、寝室を訪れる。寝息を立てている彼女の耳元で、騎士様は甘い言葉を囁《ささや》いた。ガブリエラ、あ、あ、愛……愛してるよ、と……。甘い言葉に導かれるようにして、う、美しい王女はまどろみから目覚めた」

「なかなか上手《うま》い文章だ。で、それから？」

「きょ、今日も可愛いね、ガブリエラ。きみこそは地上に舞い降りてきた天使だ。俺は一生きみのことを離さない。騎士様はそう囁くと、目覚めきっていない彼女のく、く、唇にぃっ……キ、キ……キッスを……う、ううっ……」

これ以上ないくらいに顔を真っ赤にして、両手両足をモジモジとさせるガブリエラ。

彼女の汗かきっぷりはすさまじく、こすれ合っている内ももや腋《わき》の下が、たっぷりの蜂蜜《はちみつ》を塗られているかのようにぴちゃぴちゃと音を立てている。身につけている下着もとっくに汗を吸い尽くし、ほとんど透明化して柔らかそうな肌に貼り付いていた。

そんなことはともかく、である。

アレンは小説の続きが気になって仕方がなかった。

登場人物のモデルになっている王女様が自らしたためた外伝である。

ここからどのような展開になるか、一人の読書家として興味がわいてきてしまった。

「今のところ、よく聞こえなかったな。大きな声でハッキリと読み上げてくれ」

「ええっ⁉」

ガブリエラの眉毛《まゆげ》が困り切ってハの字を描いている。

彼女の顔を流れ落ちた汗が、直筆小説のページにぽたぽたと落ちていた。

アレンには汗で文字が滲《にじ》み、読めなくなったりしないかが心配である。

そんな光景を目《ま》の当たりにしてエルフィリアが呟《つぶや》いた。

「アレン、あなた……とんでもない斬新《ざんしん》な責めをするわね」

「これが責め？」

アレン的にはこれが責めになっているのかどうかすら分からない。

小説は面白いという自負があって書くものではないのだろうか？

面白く仕上がっていると思うなら、読み上げることだって恥ずかしくないはずである。

「き、騎士様はそう囁くと、目覚めきっていない彼女の唇に……キ、キ、キッスをした！　二人の接吻《せっぷん》は次第に激しさを増し……い、一心不乱にお互いの存在を求め合った。舌を這《は》わせ、吸い付き、飲み下す。二人は自分たちの立場も忘れ、ま、まるで獣のように体を重ね合わせるのだった」

直筆小説を読み上げるレベッカの唇、その奥には妖しく濡れた舌が覗《のぞ》いている。それは言葉を発音しているだけのはずなのに、本当に情熱的な接吻を求めているかのようで、艶《つや》やかな唇も相まってこの上なく扇情《せんじょう》的だった。

「溶け合うようなキッスを交わしながら、今度は騎士様の大きな手が、ガ、ガブリエラのド、ド、ドレスの中に入ってきて……彼女の秘密の場所を……」

「秘密の場所？　表現が曖昧《あいまい》だな」

原作シリーズの文章では、もっと直接的な表現がされていた覚えがある。

「具体的にはどの辺りなのか指さしてもらえないか？」

「あ、あ、あ、あなたって人はぁっ！」

ガブリエラがキッと八重歯《やえば》を剥《む》き出《だ》しにして怒りを露わにする。彼女は悔しげに奥歯を噛《か》みしめながら、直筆小説に栞紐《しおりひも》を挟んで閉じると、両手の人差し指でほどよいサイズに膨《ふく》らんだ乳房を……黒のブラジャーに透けているピンク色の突起を指した。

「お、お、お、おっぱいよ！　おっぱいを触ったの！　おっぱいっ！」

「そんなに何度も言わなくても分かる。きみの小ぶりで品の良い乳房だな。理解した」

客観的に見てこんなに可愛い女の子に、そんな言葉を連呼されたりしたら、普段のアレンなら動揺《どうよう》するのは間違いない。けれども、今は尋問の真っ最中であり、同時に読書家として文学探究の真っ最中なので、こうして冷静に質問できているのだった。

「騎士様はガブリエラの豊満な果実をときに優しく、ときに激しく揉《も》みしだき……」

「豊満な、という表現は不適切では？」

「この小説の中の私はナイスバディなのよ、ばかぁっ‼」

「俺は現実のきみの体を美しいと思っていたのだが……」

「は、はぁっ⁉」

ガブリエラがびっくりして飛び退き、周囲にキラキラとした汗が飛び散った。

彼女は鼓動を確かめるように自分の胸に手を当てていた。

「か、格好いい顔して、いきなり変なこと言わないでよっ⁉」

「それはともかく、早く続きを読んでくれ」

「くっ……わ、分かったわよ！」

震える手で胸元を押さえながら、ガブリエラが直筆小説の続きを読み上げる。

「騎士様の優しくも激しい手つきで、ち、ち、乳房を揉みしだかれ、体の奥底から熱いものが込み上げてくる。ガブリエラの全身がはしたなく汗ばみ、におい立つのは清楚《せいそ》な王女のものではなく、は、は、発情した雌《めす》のにおいそのものだった……」

「素晴らしい表現だ。においが本当に感じられそうなほどだ」

「騎士様のごつごつとした指が、ざらついた舌が、まるで罪人を相手にするかのように激しくガブリエラを責め立てる。そ、そんな彼女の口からは……あ、あ、あえぎ声が漏《も》れ出た。あ、あん……は、はぁはぁ……ううんっ……」

「いきなり読み方が平坦になったな。そこはもっと感情を込めて！」

「んぐっ……」

キュッと唇を強く結び、ぶるぶるっと震えるガブリエラ。

触られてもいないのに背筋をびくんとさせている様子は、もはや誘惑しているとしか言いようがない。小説の中だけではなく現実の彼女も全身汗まみれで、爽《さわ》やかな汗のにおいに入り交じり、男の本能をかき立てるような甘い香りが尋問室には広がっていた。

ガブリエラが自分自身を奮《ふる》い立たせるように、膝から太ももに……腰から脇腹にと自分の体を指でなぞる。彼女の汗に濡れて光る柔肌《やわはだ》に、綺麗《きれい》に整えられた爪が微《かす》かに食い込むと、胸の奥でくすぶっていた官能がさらなる昂《たかま》りを見せた。

「んっ♥」

ガブリエラの口から漏れ出す、ぎこちなくも感じ入った嬌声《きょうせい》。

「はぁっ♥　はぁっ♥　ううんっ……♥」

アレンにはようやく彼女の弱点が見えてきていた。

「エルフィリア、頼みたいことがある」

「は、はいっ♥　私の出番ねっ♥」

こっそりとエルフィリアに耳打ちする。

アレンたちが目の前で内緒話をしても、もはやガブリエラは気づきもしなかった。自分の体を触ってしまいたい。でも、触ってしまったらどうにかなってしまいそうで怖い。そんな彼女の葛藤《かっとう》が、悩ましげにとろける表情から伝わってくる。

「ガブリエラは幸せな……んっ♥　気持ちに……んんっ♥　包まれる……んぁっ♥　彼女はおもむろにドレスと下着を脱ぎ捨て、生まれたままの姿を夜風にさらし……はぁっ♥　騎士様、もっと♥　私のことをもっとめちゃくちゃにしてっ♥　裸の私を愛してっ♥　あなたの恋の奴《ど》隷《れい》にしてっ♥　あっ、あっ、あっ、あっ♥」

彼女の口から漏れ出す声は、直筆小説に書いてある台詞《せりふ》か、それとも……。

ガブリエラのエメラルド色の瞳には、今までは見られなかった妖しい輝きが宿っている。情けなく座り込むまいと思ってか、内ももをこすり合わせて必死に震えに耐えているが、内股《うちまた》になりすぎて膝が床につきそうになっていた。

そうして、ついに決定的瞬間がやってくる。

「触ってほしいところを言ってごらん……そう騎士様に囁かれて、ひっ♥　ガブリエラは天使のような愛らしい顔を赤く……はぁんっ♥　赤くしてぇっ……んんんっ♥　こ、こう言いました……わ、わ、私の触ってほしいところはぁっ――」

「エルフィリア、今だっ！」

アレンはタイミングを見計らって指示を出す。

瞬間、隠れて背後に回っていたエルフィリアの指が、ガブリエラの弱点を……ブラジャーの奥に透けているピンク色のつぼみを、優しくそして大胆《だいたん》につまみ上げた。

「～～～～～～～～～～っ♥♥♥」

ガブリエラの全身が激しく震え、彼女は声にならない声を上げる。濡れそぼった下着はぴっちりと肌に貼り付き、つまみ上げられたピンク色のつぼみに至っては、小生意気にピンと隆起している様子まで見えてしまっていた。

震える体からは汗が飛び散り、むせかえるほどの色気が振りまかれる。美の神とすら思えた彼女の肉体は、まとわりつく汗でいやらしく光っていた。極上《ごくじょう》の蜜を自らまとい、捧げ物としているかのような……究極の誘惑がそこにはあった。

「もう、ダメっ……」

最後の力を使い果たして、ガブリエラの体が一気に弛緩《しかん》する。

汗でできあがった水たまりに、彼女はそのままべしゃりと座り込んだ。

「認める、からっ……私が悪いって、認めるからっ……」

さめざめと泣き始めるガブリエラ。

彼女の涙には明確な知性と羞恥心《しゅうちしん》が存在していた。お尻を叩かれたり、足裏をくすぐられたりしたときと明らかに異なっている。恥ずかしさに耐えられないのは人間として正しい。彼女は今まさに赤ん坊を脱して大人になったのである。

「エルフィリア様を後継者争いから蹴落《けお》とすため、マリーを王女宮に潜入させ、レベッカに脅迫状《きょうはくじょう》を送り、ダイアナには誘拐《ゆうかい》をさせようとした……それで合っていますね？」

「合ってるてばっ！　合ってるから、もう、ほっといてよっ！」

「しかし、王位継承権第一位のあなたが、どうして第二位のエルフィリア様をわざわざ蹴落とそうとしたりなんて――」

「あなた、アレを読んで同じことが言えるのっ！」

ガブリエラに言われて、アレンはすぐに思い当たる。

王女宮の少女たちに読まれている『王女様の秘密シリーズ』は、過激な恋愛描写もさることながら、王宮で後継者争いが勃発《ぼっぱつ》するというスキャンダラスでリアリティのある内容で大人気になっていた。

小説の中で第二王女が騎士様と仲良くなる一方、第一王女は妨害にことごとく失敗し、ついには王位継承権を剝奪《はくだつ》されるに至っていた。それはガブリエラにとって、あまりにも現実味があるストーリーだったのだろう。

「初めて読んだとき、あれは預言書じゃないかと思ったくらいよ」

ガブリエラが破れかぶれな笑みを浮かべる。

彼女が真実を語っていることは、アレンにはしっかり感じ取れていた。

刺客《しかく》を送ったことについても、小説で危機感を煽《あお》られたことについても。

「結局、あの小説の通りになったわね。子供のときは私の方が頭もよくて、周囲の人からも好かれていたのに……あっという間にエルフィリアに逆転されてしまった。それからは何をやっても空回《からまわ》りで、気づいたら追いつくことすらできなくなっていた」

「ガブリエラお姉様……」

二人の王女たちが見つめ合う。

父親の血でしかつながっていない彼女たちだが、寂しげな横顔は実によく似ていた。

「エルフィリア、あなたにもう一度でいいから勝ちたかったわ。後継者争いなんて関係ない。妹に負けてしまう自分が大嫌いだった。でも、あなたには一生勝てないみたいね。なんだったのかしら、私の人生って……」

「ガブリエラ様、失礼します」

アレンはおもむろにガブリエラの体を抱き上げる。

尻叩きをしたときとは違って、今度はちゃんとしたお姫様だっこだ。

「な、なにしてるのよ、あなた⁉」

「お体を拭かせていただきます」

「や、やめなさいよっ！　私、汗まみれで……汗まみれでっ……」

ガブリエラを治療用のベッドに腰掛けさせる。

アレンは彼女の前にひざまずき、ふかふかのタオルで足先から丁寧《ていねい》に拭いた。

つま先に塗られた赤色のマニキュアがセクシーに光っている。足全体はスリムな印象にもかかわらず、タオルで包んで拭《ぬぐ》ってみると予想以上にむちむちしており、尋問を受け入れてもなお、思わず拝みたくなるような脚線美を見せつけていた。

「ガブリエラ様は本当によく頑張りました」

「そ、そんなこと、ないわっ……んんっ♥　太もも、くすぐったいっ♥」

「今回の尋問だって限界の限界まで耐えきりました。あなたは負けたわけでも屈したわけでもない。自分の間違いを認めて、一歩成長したのですから……。そして、そんなあなたの成長の証《あかし》となったものを汚いだなんて思うはずがない」

アレンはガブリエラの右腕を持ち上げて、汗まみれの腋《わき》をタオルで丹念に拭いてやる。

美しさにこだわりがあるガブリエラだけあり、目前に露わとなった腋はゆで卵のようにつるんとしていた。汗に濡れている様子も、さながら朝露に濡れた花弁のように美しい。汗のにおいは実にさわやかであると同時に、香水のにおいと入り交じった甘さも感じられた。

「んっ、くぅっ……♥　でも、私は、エルフィリアにっ……♥」

「勝つことだけが人生ではない。おれはそう思っています」

ガブリエラを諭《さと》しながら、アレンは左側の腋もタオルで拭いてやる。

彼女はくすぐったそうに唇を嚙みしめ、うっすらと頰《ほお》を赤らめていた。

「俺は両足に後遺症を負って、騎士としての生き方を諦めました。でも、こうして新しい人生を歩めている。ガブリエラ様もここで一旦休んで、新しい生き方を見つけてみませんか？　頑張ることをやめて、疲れを癒《い》やせば、きっと気持ちも変わってくるはずです」

「私……んっ♥　頑張らなくてもいいの、かな……んんっ♥」

「ガブリエラ様はあなたのままでいい。もう自分を傷つける必要はないんです」

「そっか……私、もう、自分を嫌わなくて、いいんだ……」

ガブリエラがホッと胸を撫《な》で下ろす。

それは彼女と出会ってから、初めて見せる安らかな表情だった。

「お姉様っ！」

エルフィリアが目に涙を浮かべ、汗も拭き終わっていないガブリエラに抱きついた。

二人は幼い頃からそうだったかのように仲良く抱き合っている。

「ごめんなさい、エルフィリア。あなたのことを……あなたの大切なお友達のことも傷つけてしまって……。今更許してもらおうだなんて思わないわ。私はどんな罰だって受け入れる……いいえ、罰してもらわないと気が済まないっ！」

「私の方こそ、ガブリエラお姉様の苦しみに気づくことができませんでした。手のつけられない子供だった私を構ってくれたのは、ガブリエラお姉様だけだったのに……だから、そう、これでおあいこなんです」

王女姉妹の美しい友情に、アレンは思わず魅入《みい》ってしまっていた。

そんなとき、床に落ちていたガブリエラの直筆小説に目がとまる。

偶然開かれた最後のページには、一枚の色つき写真が挟まっていた。

7 悪戯心と記念写真

Princess's Hi-ranking Interrogator
Why do pretty girls feel orgasm even if you seriously interrogate?

ガブリエラの尋問から一週間が経過した。彼女の起こした後継者争いのことも外部には漏《も》れていないようで、アレンたちは平穏な毎日を過ごせている。噂《うわさ》になったことはといえば、ガブリエラの性格が以前よりも丸くなったことくらいだろう。

王位継承権の第一位は相変わらずガブリエラだが、彼女は無用な後継者争いを起こさないと約束してくれた。ただし、国王がしきたり通りに指名するか、それとも国民投票に決断をゆだねるのかは、今もなお分かっていない。

エルフィリアが王位継承権第二位なのも変わらない。けれども、彼女は先日の慰安《いあん》訪問によって、王位継承者としての意識に目覚めていた。これから何か変更があり、自分が王女に選ばれたとしても、彼女は喜んでその責務を全《まっと》うすることだろう。

これからどうなるにせよ、アレンとしてはエルフィリアに全力でお仕えするまでだ。

後継者争いなんてものは起こらないに限るが、王女区画にはエルフィリアとガブリエラの他にも四人の異母姉妹が暮らしている。彼女たちが大人しくしてくれたらいいが、もしも刺客を放ってくるようなことがあれば、再び高級尋問官の力を振るわなくてはいけないだろう。

（まあ、そのときまでは気楽に過ごさせてもらうかな……）

肩肘張ってばかりではつまらない。

それに今日はみんなで二度目のピクニックである。

アレン、エルフィリア、クローネ、マリー、レベッカ……五人は湖畔《こはん》の休憩所に集まって、ティータイムの準備をしていた。大きな丸いテーブルにティースタンドを置き、色とりどりのケーキとお菓子も並べて準備万端だ。

「ふふっ……このガブリエラが招かれてあげたわよ」

「本日はお招きいただき、本当にありがとうございます」

ガブリエラとダイアナも休憩所にやってくる。

二人の関係もあれから良好のようで、端《はた》から見ていると本物の姉妹のようだった。

「あっ！　自分の雇った泥棒に直筆小説を盗まれた王女様だ！」

「泥棒猫のマリー、あんたには絶対に謝らないからね」

ガブリエラがからかってくるマリーをじっとりとした目でにらみつける。

マリーはけろりとした様子で破顔《はがん》した。

「別に謝ってもらわなくてもいいもん！　私はこっちで楽しい毎日を過ごせてるから！」

「はぁ……それなら、ついでにしっかり躾《しつ》けてもらうといいわ」

あきれた顔で苦笑いするガブリエラ。

彼女はそれから、優しい声でレベッカに話しかけた。

「あなたには本当に悪いことをしてしまったわ。ごめんなさい、レベッカ」

「そ、そんなっ！　あのあと、むしろいいことがあったくらいでしてっ！」

「でも、アレンの尋問はとても苦しかったでしょう？」

「いやっ……むしろ、その、気持ちよかったと言いますか……」

尋問されたときのことを思い出し、顔を赤くしているレベッカ。

エルフィリアを敬愛する彼女にとっては、かなり刺激的すぎる経験だったろう。

「ま、まぁ……そうよね。確かにあれは気持ちよかったわ」

「えっ⁉　ガブリエラ様もそうだったんですか⁉」

レベッカがキラキラした目をアレンに向けてくる。

尊敬の眼差《まなざ》しというやつなのだろうが、いつになっても気恥ずかしさが抜けない。

「ありがとう、アレン。おかげさまで随分《ずいぶん》と楽になったわ」

ガブリエラの表情は以前よりも大人びて見える。

つま先をピンとさせて背伸びすると、彼女はアレンにこっそりと耳打ちしてきた。

「それに……その……これは誰にも話してないのだけど……癖《くせ》になっちゃったのよね。恋愛小説を音読するのが……誰かに聞いてもらえてないと味気なくて……」

「それは、その……ダイアナにでも聞いてもらえると……」

「そんな意地悪なこと、乙女《おとめ》に対して言うものじゃないわ」

意地悪だと言われたのはエルフィリアに続いて二回目である。

(俺は常識的な意見を言ってるだけのつもりなんだがな……)

これからガブリエラにまで呼び出されるようになったりしたら割と真剣に困る。

「アレン殿、お呼びですかっ！」

自分の名前が呼ばれたのを耳ざとく聞きつけて、ダイアナが目をぎらぎらさせて……明らかに興奮させて近寄ってくる。あれから誤解を解く機会に恵まれず、彼女はすっかり自分がアレンの愛人二号になっていると思い込んでいた。

「今は呼んでいない……が、あとで話そう。重要な話があるからな」

「アレン殿から重要な話っ！　私、今からドキドキしてきました」

「ダイアナ、まずは深呼吸だ。ティータイムの間くらい落ち着いてくれないか」

「すー、はーっ……だ、ダメです！　落ち着いていられません！」

これは俺の手には負えないかもしれない。

アレンが不安に思っている一方で、

「今日はガブリエラお姉様とご一緒できて嬉しいです」

「ふふっ……私も愛《いと》しい妹と仲良くできて幸せだわ」

エルフィリアとガブリエラは手と手を取り合い、仲睦《なかむつ》まじく微笑《ほほえ》んでいるのだった。

「あなたとはピクニックだけじゃなく、一緒にしたいことがたくさんあるわ。お互いの部屋に泊まって、二人でお風呂に入ったり、夜遅くまで話したり……少し子供っぽいかしら？」

「そんなことありません！　私もガブリエラお姉様ともっと一緒に過ごしたいです！」

二人の会話を聞いていると、アレンも微笑ましい気持ちになってくる。

エルフィリアとガブリエラはお互いの気持ちが十年以上もすれ違っていたのだ。失われた子供時代を取り戻そうとするのは当然のことだろう。アレンとしても二人の関係を修復するのに助力を惜しまないつもりだ。

「みなさん、準備ができましたよ！」

クローネが集まった全員に声を掛ける。

彼女が準備してくれたのは、最新の魔法技術で作られた写真機だった。

全自動のタイマー付きなので、撮影者いらずで撮影できる優れものである。

用意してくれたクローネも含め、一同は丸いテーブルの前に集まる。

アレンの隣にはいつものようにエルフィリアが並んだ。

「五秒前……四、三、二、一……」

クローネが秒読みを始めたときである。

エルフィリアが不敵な笑みを浮かべ、不意にアレンの手に指を絡めてきた。

こんなときまで悪戯心《いたずらごころ》を見せるのだから困ったものである。

この場で注意するわけにもいかず、せめて無用な悪戯《いたずら》はさせまいと、アレンは彼女の手を強めに握り返した。

「んっ……♥　アレンったら、もうっ……♥」

写真機のシャッターが切られたのは、エルフィリアの頬が朱に染まるのと同時で、なぜか彼女だけ顔を赤らめているという不思議な写真は、こうしてアレンたちの手元に残されることになったのである。

あとがき

最初に謝辞《しやじ》を述べさせていただきます。本作のイラストを担当してくださり、キャラクターたちを魅力的に描いてくださった睦茸《むつたけ》先生。本作のアイディアをノリノリで採用してくださった担当編集者さん。本作を読んでくださった読者のみなさま。本当にありがとうございました！

ダッシュエックス文庫の前作『私たち殺し屋です、本当です、嘘じゃありません、信じてください。』で、ヒロインたちが恥ずかしい目に遭《あ》わされるシーンを書きまくったのですが、書き足らなかったので思い切ってメインに据えてみた次第です。今回はさらに『ヒロインを恥ずかしい目に遭わせることで感謝される』という責める側も責められる側も幸せになれるＷｉｎ－Ｗｉｎの展開を追求してみました。

このあとがきを書きながら『モンスターハンター：ワールド』の発売を待っています。大型モンスターと戦うときは、起伏《きふく》の少ない広々としたフィールドを採用するのが普通なのですが、今回の『モンハン』は高低差もあれば狭いところもある。ゲーム機のマシンパワーが上昇したことにより、リアルな地形を表現することが可能になった一方で、リアル過ぎると大型モンスターと戦いにくいのでは……と懸念《けねん》していましたが、ベータ版を遊んでみた感じでは問題なさそうですね。この本が出版されている頃には、楽しくマルチプレイできていたらいいなぁ……。

マルチプレイといったら『ダークソウル・リマスター』も発売されるそうで、かなり遊びまくった作品が手直しされると分かって楽しみにしています。『ダークソウル』はシリーズを追うごとに遊びやすさ（篝火《かがりび》ワープ、装備品の強化など）が増しているので、改良点をリマスター版に逆輸入してくれたら嬉しいところです。あとは『ダークソウル』や『ブラッドボーン』に続く新シリーズを展開していただけたら……。

リメイクといったら『キャサリン・フルボディ』もかなり楽しみです。あの『ペルソナ』制作チームが作ると聞いて、プレステ3を購入したくらいです。鬼のような難易度には苦労しましたが、あの美女二人から（色々な意味で）迫られる感じは唯一無二《ゆいいつむに》！　オトナの方々はもちろんのこと、オトナじゃない方々にもオススメです。

２０１７年は兎月竜之介《うづきりゅうのすけ》的オープンワールド元年（主に『ブレスオブザワイルド』）かつRPG新時代（『ドラクエ11』と『アンダーテール』的な意味で）でした。２０１８年もいい感じのゲームをたくさん遊んで、これからの人生を豊かにしていきたいです。そんでもって、ゲームから得られたインスピレーションや活力を以《もっ》てして、さらに面白い小説を書いていきたいと思います。

ダッシュエックス文庫

王女様の高級尋問官
~真剣に尋問しても美少女たちが絶頂するのは何故だろう?~

兎月竜之介

2018年 2 月28日 第1刷発行
2018年10月 6 日 第2刷発行

★定価はカバーに表示してあります

発行者 鈴木晴彦
発行所 株式会社 集英社
〒101−8050 東京都千代田区一ツ橋2−5−10
03(3230)6229(編集)
03(3230)6393(販売/書店専用) 03(3230)6080(読者係)
印刷所 凸版印刷株式会社
編集協力 石川知佳

ISBN978-4-08-631232-5 C0193

ニーナとうさぎと魔法の戦車5
〈スーパーダッシュ文庫刊〉
兎月竜之介
イラスト／BUNBUN
資産家の青年社長がメイドのサクラに一目惚れ!? 莫大な賞金とサクラとの結婚を賭けた戦車レースで、戦車長ドロシーの過去が…？
ニーナとうさぎと魔法の戦車6
〈スーパーダッシュ文庫刊〉
兎月竜之介
イラスト／BUNBUN
ニーナが憧れる歌姫のコンサートにラビッツが出演！ わがまま娘の要求に振り回されるその裏で、ある陰謀が密かに進行していた!!
ニーナとうさぎと魔法の戦車7
〈スーパーダッシュ文庫刊〉
兎月竜之介
イラスト／BUNBUN
突然現れた謎の少女が語る真実によって、首なしラビッツが解散の危機!? ドロシーは姿を消し、クーとエルザとは連絡が途絶えて…。
ニーナとうさぎと魔法の戦車8
〈スーパーダッシュ文庫刊〉
兎月竜之介
イラスト／BUNBUN
ドロシーが銃弾に倒れ、悲しみに暮れるニーナたち。圧倒的な戦力が迫り来るなか、突如現れた一台の野良戦車がもたらすものとは!?

ダッシュエックス文庫

流星《ほし》生まれのスピカ
〈スーパーダッシュ文庫刊〉
兎月竜之介
イラスト／鍋島テツヒロ
流れ星の欠片を動力にする「流星エンジン」で栄えた都市で、勤労少年のシンは、流れ星から生まれた不思議な少女スピカと出会う!!
流星《ほし》生まれのスピカ2
〈スーパーダッシュ文庫刊〉
兎月竜之介
イラスト／鍋島テツヒロ
流星工学を学びながら平和な日常を過ごす二人。そこに美少女科学者のオリビアが、スピカそっくりの少女アリアを連れて現れて…?
流星《ほし》生まれのスピカ3
〈スーパーダッシュ文庫刊〉
兎月竜之介
イラスト／鍋島テツヒロ
軍事大国の将校にアリアを奪われ、奪還に向かったシンたち。圧倒的な軍事力に屈し投獄された先での出会いが、反撃の一手となる!!
いらん子クエスト
少女たちの異世界デスゲーム
兎月竜之介
イラスト／wogura
元の世界に戻れるのは、生き残れた人だけ…。どこにも居場所がない7人の少女たちが繰り広げる、希望と絶望の異世界デス・ゲーム!

私たち殺し屋です、本当です、嘘じゃありません、信じてください。

兎月竜之介
イラスト／ハル犬

骨の髄まで異世界をしゃぶるのが鈴木なのよー!!

望月　充っ
イラスト／すーぱーぞんび

異世界監獄√《ルート》楽園化計画
—絶対無罪で指名手配犯の俺と〈属性：人食い〉のハンニバルガール—

標　けいか
イラスト／Mika Pikazo

暗殺候補生　蒼き薔薇のエヴァレット

市川珠輝
イラスト／いとうのいぢ

殺し屋コンビのヴィクトリアとシャルロッテは、行く先々で敵（変態紳士）に遭遇して…!?　残念系美少女の危険でゆる〜い旅物語。

異世界に召喚されるはずだった勇者・山田をさしおいて、一般人・鈴木が女神から魔王に至る全異世界人を骨の髄まで支配する！

記憶を失くした俺が史上最悪の指名手配犯!?　人食い美少女と正義を貫き、仲間を増やして異世界監獄をこの世の楽園へと導く！

謎の教育機関に入学させられた少年シオン。令嬢エヴァレットの"盾《エスクド》"として、暗殺者の頂点を目指すことに!?　王道ファンタジー！

白《ハク》蝶《チョウ》記《キ》
—どうやって獄を破り、どうすれば君が笑うのか—
るーすぼーい
イラスト／白身魚

白《ハク》蝶《チョウ》記《キ》2
—どうやって獄を破り、どうすれば君が笑うのか—
るーすぼーい
イラスト／白身魚

白《ハク》蝶《チョウ》記《キ》3
—どうやって獄を破り、どうすれば君が笑うのか—
るーすぼーい
イラスト／白身魚

異世界魔王の日常に技術革新を起こしてもよいだろうか
おかゆまさき
イラスト／lack

謎の教団が運営する監獄のような施設で育った旭《あさひ》はある出来事をきっかけに悪童と化し、仲間を救うために〝脱獄〟を決意する——。

施設からの脱走後、旭は謎の少女・矢島朱理《しゅり》に捕まってしまう。一方、教団幹部に叱責された時任《ときとう》は旭の追跡を開始することに。

テロから約一年半が経ち、旭の周囲も平穏な生活を取り戻しつつあった。しかし、旭は父に連れ去られた陽咲《ひさき》のことが気がかりで…。

不幸な事故で亡くなった玩具会社の社員が、異世界に〝魔王〟として転生!? かつて開発したおもちゃの力をスキルにして無双する！

ダッシュエックス文庫

逆転召喚
～裏設定まで知り尽くした異世界に学校ごと召喚されて～
三河ごーすと
イラスト／シロタカ

逆転召喚2
～裏設定まで知り尽くした異世界に学校ごと召喚されて～
三河ごーすと
イラスト／シロタカ

逆転召喚3
～裏設定まで知り尽くした異世界に学校ごと召喚されて～
三河ごーすと
イラスト／シロタカ

異世界でダークエルフ嫁とゆるく営む暗黒大陸開拓記
斧名田《おのなた》マニマニ
イラスト／藤ちょこ

湊《みなと》が召喚されたのは、祖父の書いたファンタジー小説そのままの世界だった！　いじめられっ子が英雄になる、人生の大逆転物語!!

ファンタジー小説の世界に学校ごと召喚され、美少女と共同生活する湊。生徒流入により裏設定が変わった精霊の国を救う方法とは!?

異世界の情勢は、当初の裏設定からはありえないほどに逸脱してしまった。対立する生徒とそれぞれの国に、湊たちは立ち向かう…！

引退後のスローライフを希望する元勇者に与えられた領地は暗黒大陸。集まって来る魔物たちと一緒に未開の地を自分好みに大改造！